Adventsläuten
Elke Bergsma

Elke Bergsma

Adventsläuten

Impressum
Copyright: © 2024 Elke Bergsma, www.elke-bergsma.de
Am alten Handelshafen 1, 26789 Leer
Korrektorat & Satz: Corinna Rindlisbacher, www.ebokks.de
Cover: Susanne Elsen, www.mohnrot.com
unter Verwendung von Fotos von © Lorado/istockphoto.com
Druck: Libri Plureos GmbH, Friedensallee 273, 22763 Hamburg

ISBN: 978-3-8192-6546-4

Verlag: BoD · Books on Demand GmbH, Überseering 33, 22297 Hamburg, bod@bod.de

1

Kegeln also. Es war diese Entscheidung gewesen, die David Büttner nach längerer Diskussion mit seiner Frau Susanne schließlich dazu bewogen hatte, zähneknirschend zuzustimmen, als sie ihn bat, sie zur Weihnachtsfeier ihres Kollegiums zu begleiten. Zur Auswahl gestanden hatten ursprünglich auch Boßeln und ein Ausflug nach Juist. Nach einem Blick in die Wetter-App und angesichts der Tatsache, dass er Frischluftaktivitäten ohnehin nicht viel abgewinnen konnte – schon gar nicht im Winter –, war er froh, dass die Wahl auf das kleinere Übel gefallen war. Auch wenn er sich fragte, worin genau der Sinn liegen mochte, eine Kugel übers Parkett zu schieben und sich dabei womöglich den Rücken zu verrenken.

Nun also saß er hier, in einem Emder Traditionslokal, in dessen Keller schon seit Jahrzehnten dem Kegelsport gefrönt wurde. Entsprechend unmodern war – im Vergleich zu manch moderner Bowlingstätte – die Einrichtung. So gab es zum Beispiel keine digitalisierten Anzeigetafeln; die Ergebnisse der Würfe wurden nach wie vor mit Kreide auf Tafeln festgehalten. Und doch, das musste Büttner anerkennen, machte hier alles einen sehr gepflegten Eindruck. Genau genommen hatte diese Retrolocation, wie seine Tochter Jette sie nennen würde, durchaus seinen nostalgischen Charme, fühlte er sich doch in die gute alte Zeit zurückversetzt.

Das Kollegium des Emder Johannes-Althusius-Gymnasiums besetzte an diesem Abend vier der sechs Bahnen und hatte sich entsprechend in vier Gruppen mit jeweils acht bis zehn Personen aufgeteilt, die, wie Büttner fand, ziemlich viel Lärm machten.

Nachdem er sich wirklich Mühe gegeben hatte, sich in die Gespräche einzumischen, gab er dies schließlich auf. Zu seinem Pech saßen an seinem Tisch neben Susanne und ihm vier Lehrerehepaare, die sich um Kaffee, Tee, Lebkuchen und Christstollen scharten. Nicht schwer zu erraten also, worum sich die Gespräche drehten.

Also richtete er seine Aufmerksamkeit von seiner Gruppe ab und der benachbarten, nicht zu den Lehrern gehörenden zu, denn auch dort ging es recht lebhaft und, so fand Büttner, deutlich interessanter zu. Es handelte sich um eine siebenköpfige Freundesgruppe, deren Mitglieder um die sechzig Jahre alt sein mochten. Sie hatten sich, der Jahreszeit entsprechend, dazu entschlossen, den *Tannenbaum* zu spielen. Dafür wurden auf eine Tafel zwei aus Ziffern bestehende Tannenbäume gezeichnet. Für die beiden Mannschaften ging es nun darum, den eigenen Baum möglichst schnell zu „fällen". Wer etwa eine Acht kegelte, durfte eine Acht am eigenen Baum ausstreichen. Warf eine Mannschaft eine Zahl, die sie beim eigenen Baum nicht mehr ausstreichen konnte, musste diese, falls noch möglich, beim Gegner gestrichen werden. Wem es als Erstem gelang, alle Zahlen auszustreichen, hatte gewonnen. Ein echter Spaß, der normalerweise dazu führte, eine gute Stimmung zu erzeugen. Allerdings, so hatte Büttner bemerkt, schien es mit der Laune in der Tannenbaum-Gruppe nicht zum Besten zu stehen.

Gerade schmetterte ein gewisser Hanno die schwarze Kugel auf die Bahn, als gäbe es kein Morgen mehr. Es tat einen lauten Knall, bevor sich die Kugel in Richtung der neun Kegel in Bewegung setzte und diese schließlich allesamt umwarf. Doch nicht nur in den Wurf legte Hanno seinen ganzen Frust, sondern auch in das kleine Wort *So*. Es schleuderte mehrfach aus seinem Mund, wie die Kugel aus seiner Hand. „So. So. So." Gleich gefolgt von einem: „Ach, Scheiße, Mann!"

Während die Freunde um ihn herum beim Aufprall der Kugel kurz zusammenzuckten und sich mit zusammengekniffenen Lippen betreten anschauten, gefiel dem Wirt ganz und gar nicht, was er da gesehen oder vielmehr gehört hatte. Er stieß einen Fluch aus, sprang hinter dem Tresen hervor und schnauzte mit fuchtelndem Zeigefinger: „Noch einmal, Hanno, und du kriegst hier Hausverbot, ist das klar?! Ich glaub, es hackt!" Er ging an der Bahn in die Hocke, betrachtete sie eingehend und strich immer wieder über den glänzenden Kunststoffbelag, um eventuelle Risse oder sonstige Beschädigungen aufzuspüren. „Na, da hast du aber gerade noch mal Glück gehabt", knurrte er, als er sich wieder erhob und Hanno wütend anfunkelte. „Möchte wirklich mal wissen, was du dir dabei denkst …"

„Der kann doch zurzeit gar nicht denken", warf einer der Kumpel am Tisch ein. „Jetzt, wo Jutta …" Nach einem mahnenden Blick seiner Nachbarin brachte er den Satz nicht zu Ende, sondern sagte stattdessen: „Na ja, ist auch nicht so wichtig."

„Aber, Eike, nu lass doch mal gut sein", versuchte eine gewisse Birgit, den Wirt zu beschwichtigen. Sie trug eine weiße, wollene Pudelmütze mit blauem Bommel auf dem Kopf, auf die nach diesem Abend vermutlich die Initialen des Pudelkönigs gestickt würden, wie schon so viele Male zuvor. „Du weißt doch, dass Hanno gerade echt genug Schiet am Backen hat."

„Wer mir meine Bahn kaputt macht, fliegt raus", erwiderte Eike kompromisslos. „Und wenn dem noch zehnmal die Frau wegläuft." Er boxte mit den Fäusten ein paarmal in die Luft. „Geh Sandsäcke verprügeln, Hanno, oder lauf einen Marathon oder was auch immer. Aber lass mich und vor allem meine Bahn mit dem Schiet in Ruhe, den du dir selbst eingebrockt hast." Mit einem letzten warnenden Blick ging er hinter den Tresen zurück und zapfte das Bier, das von einem der anderen Tische zum wiederholten Male ungeduldig eingefordert wurde.

Den Gesprächen hatte Büttner entnehmen können, dass sich die ursprünglich acht-, in diesem Jahr aber nur noch siebenköpfige Gruppe alle Jahre wieder zum adventlichen Kegeln traf. Auf ihrem Tisch standen Glühwein, Grog und Bier sowie selbstgebackene Plätzchen, aus einem Bluetooth-Lautsprecher dudelten in Endlosschleife Weihnachtslieder von Helene Fischer. Irgendwer hatte einen Adventskranz mitgebracht, auf dem drei Kerzen still vor sich hin flackerten, und für jeden der Freunde einen knallroten Haarreif mit Elchgeweih, den sich die Männer jedoch weigerten zu tragen. Ottos Scherz, Hanno seien in diesem Jahr schließlich schon genug Hörner aufgesetzt worden, hatte zu einem spontanen Heiterkeitsausbruch genauso geführt wie die ebenso humorlose wie drohende Ansage Hannos, er würde jedem die Kegelkugel an den Kopf werfen, der sich noch einmal über ihn lustig mache.

„Selbst eingebrockt, pah!" Hanno schnaubte vor Wut und nahm erneut eine Kugel in die Hand. Die neun Kegel standen wieder ordentlich an ihrem Platz. Also setzte er nach einem weiteren Schnauben zum Wurf an, wobei er sich und seine Kräfte wohlweislich zügelte. Vermutlich, um nicht wirklich des Hauses verwiesen zu werden.

„Siehste, geht doch", hörte man Eike von der Theke her brummen.

„Gar nichts geht", knurrte Hanno nicht eben laut, aber doch so vernehmlich, dass ihn seine Freunde am Tisch hören konnten. Er ging zur Tafel und strich mit Kreide eine Zehn vom eigenen Tannenbaum und vom gegnerischen eine Acht.

„Männer", meldete sich eine Heike seufzend zu Wort. „Möchte wirklich mal wissen, wie ihr es immer schafft, in Selbstmitleid zu zerfließen und euch als Opfer zu präsentieren, ganz egal, welchen Mist ihr gebaut habt. Echt jetzt, Hanno, nu mach mal halblang. Du hast Jutta betrogen, und zwar schon monatelang. Nun hat sie's raus-gefunden und die Konsequenzen gezogen, was normal ist. Also heul leise."

Hanno setzte sich an den Tisch und nahm sein Glas mit dampfendem Grog in die Hand. „Ich hab mich bei Jutta entschuldigt und ihr gesagt, dass ich nur mit ihr zu-sammen sein will. Dass wir es noch einmal miteinander versuchen sollten. Trotzdem ist sie gegangen."

„Natürlich ist sie das", erklärte Birgit ohne eine Spur von Mitleid oder gar Verständnis in der Stimme. „Du hast sie beschissen, Hanno." Sie stach ihm mit dem Zeigefinger in die Brust. „Du, Hanno! Verstehst du?! Du hast deine Ex-Frau in spe monatelang beschissen, nicht sie dich!"

Er schob ihre Hand beiseite. „Hör auf, mich zu pieksen!"

„Ich finde ja auch, dass Jutta nicht so einfach alles hätte hinschmeißen sollen", mischte sich Harald, Birgits Mann, ein. „Ich meine, nach fast dreißig Jahren Ehe. Also wirklich. Ein bisschen verantwortungslos ist das ja schon."

Auf diese Bemerkung hin hörte man nicht nur die drei Frauen, sondern noch ein paar mehr Leute im Saal gleichzeitig nach Luft schnappen. Offenbar hatte die Gruppe inzwischen nicht nur Büttners Aufmerksamkeit auf sich gezogen.

„Verantwortungslos?!" Birgit sprang auf. „Wenn hier einer verantwortungslos war, dann ja wohl einzig und allein Hanno. Schließlich hat ihn keiner gezwungen, in fremden Revieren zu wildern! Würdet ihr das Gleiche behaupten, wenn es umgekehrt gewesen wäre?" Nach einem lahmen Schulterzucken der Männer griff sie nach ihrer Tasche. „Also, ich hab genug gehört." Sie sah ihre Freundinnen Heike und Imke herausfordernd an. „Nun, Mädels, wie sieht's aus? Gehen wir auf dem Weihnachtsmarkt noch was trinken?"

„He, Mann, hier gibt's auch was zu trinken! Und außerdem sind noch nicht alle Zahlen rausgestrichen." Hanno deutete mit einer schnellen Bewegung auf die an die Tafel gekritzelten Tannenbäume. „Falls ihr es noch nicht gemerkt habt, wir sind hier beim Kegeln!", bellte er aufgebracht.

„Ach so?" Birgit legte ihren Zeigefinger an die Wange

und kräuselte die Lippen. „Und für einen Augenblick dachte ich, wir sind hier im Kindergarten. Komisch. Wie ich da wohl drauf komm."

„Wir sollten Jutta anrufen", meinte Heike mit einem provozierenden Blick auf Hanno. „Bestimmt hat sie auch Lust auf einen Mädelsabend auf dem Weihnachtsmarkt."

Büttner hielt kurz die Luft an, als Hanno nun von seinem Stuhl aufsprang und wenige Zentimeter von Heikes Gesicht entfernt drohend die Hand hob, als wollte er zum Schlag ausholen. „Wie könnt ihr es wagen …!"

„Mooooooment." Heike wich mit erhobenen Händen einen Schritt zurück. „Willst du mir jetzt etwa eine verpassen, oder was?"

Hanno zog seine rechte Hand zurück und hielt sie im Klammergriff seiner linken, als müsste er verhindern, sie noch einmal auszufahren.

„Heike", seufzte ihr Mann Gerd, „nun mach doch nicht schon wieder so einen Wirbel und hör auf, ihn zu provozieren. Und du, Hanno, du setzt dich jetzt am besten wieder hin." Er klopfte auf den jetzt freien Stuhl neben sich und schaute die Frauen der Reihe nach mit gerunzelter Stirn an. „Und ihr euch auch."

„Wirbel? Sag mal, geht's noch?! Wenn hier jemand Wirbel macht, dann ja wohl Hanno." Heike musterte ihren Mann mit einem so vernichtenden Blick, dass der den Kopf senkte und lieber schwieg. „Nun sag bloß, du hast Jutta wirklich geschlagen", wandte sie sich an Hanno.

„Quatsch."

„Mensch, Heike, was soll denn das jetzt? Ich meine … die Leute gucken ja schon."

„Halt du dich da raus, Otto!", fuhr sie Imkes Mann über den Mund. „Was du zu sagen hast, interessiert hier gerade niemanden."

„Quatsch", wiederholte Hanno.

Heike winkte hektisch mit der Hand. „So, und nun kommt, Mädels. Ich halt es hier keinen Augenblick länger aus. Da gucken wir doch mal, was Jutta zu alldem zu sagen hat."

Zu dritt rauschten sie erhobenen Hauptes zur Tür hinaus, während die Männer wie begossene Pudel zurückblieben und sich angesichts der Aufmerksamkeit, die ihr Schauspiel auf sich gezogen hatte, peinlich berührt ansahen.

„Ich glaub, es ist besser, wir gehen jetzt auch", sagte Otto schließlich. „Ich meine, hier nur dumm rumsitzen bringt ja nu auch nix."

„Na, das war ja mal was", stellte Susanne fest, als auch die vier Herren gegangen waren. „Im Theater könnte es nicht unterhaltsamer sein. Wie schade, dass wir auf den zweiten Akt verzichten müssen. Es hätte mich interessiert, wie die vier Parteien ihren Haussegen wieder geradebiegen."

„Apropos unterhaltsam", erwiderte Büttner mit einem Blick auf die Uhr. „Ich würde jetzt gerne nach Hause fahren. Jette und Kai müssten bald eintreffen."

„Sie kommen gegen acht, David. Jetzt ist es gerade mal halb fünf. Sie sind noch nicht mal losgefahren."

Büttner brachte seinen Mund dicht an ihr Ohr. „Aber hier gibt es zu viele … nun ja … Lehrer. Ich … äh …"

Zu seiner Erleichterung lachte Susanne. „Ach so, ich verstehe. Okay, kein Problem, dann fahr. Aber ich würde gerne noch ein bisschen bleiben. Falls dich jemand vermisst, werde ich mir eine Entschuldigung einfallen lassen."

„Ich schätze, dass niemand meine Abwesenheit bemerken wird. Schließlich hat ja auch niemand von meiner Anwesenheit Notiz genommen."

„Du wirst hoffentlich nicht gehen, ohne dich zu verabschieden." Susanne klang nun so autoritär, wie nur Lehrer klingen konnten.

Also stand Büttner auf und klopfte auf den Tisch. „Nun denn, frohe Weihnachten zusammen."

Die Reaktionen blieben verhalten. Zu angeregt war man damit beschäftigt zu diskutieren, ob Thorben-Alexander den Sprung in die Oberstufe schaffen würde, Charlotte-Sophie einen blauen Brief bekommen oder man angesichts der renitenten Schülerschar nicht besser gleich den Dienst quittieren sollte.

Es roch intensiv nach frisch gebackenen Plätzchen und frischem Tannengrün, als David Büttner seine häusliche Küche betrat. Auch hatten Susanne und er am Abend zuvor die untere Etage mit Lichterketten, Kerzen und gutgelaunt daherkommenden Engeln weihnachtlich geschmückt. Nicht übertrieben, aber doch so, dass man in eine vorweihnachtliche Stimmung versetzt wurde.

Außerdem wurde er von seinen Hunden Heinrich und Fiete stürmisch begrüßt, was prompt zur Verbesserung seiner Laune beitrug. Einzig Katze Trude ließ sich von dem Tumult der Hunde nicht aus der Ruhe bringen, sondern öffnete, auf dem Kratzbaum liegend, für einen kurzen Moment halb die Augen, gähnte herzhaft und schlief weiter.

Alles in allem hatte er ein Zuhause, in dem man sich wohlfühlen konnte, befand Büttner, vor allem, wenn es draußen so kalt, nass und windig war wie in den letzten Wochen. Der andauernde Regen war an diesem Tag erstmals einem leichten Schneefall gewichen, auch waren die Temperaturen in Richtung Gefrierpunkt gesunken, was Hoffnung auf eine weiße Weihnacht machte. Normalerweise war Büttner niemand, der besonders viel Wert auf Schnee legte, doch hatte er über die Feiertage und bis ins neue Jahr hinein frei, sodass er sich allenfalls freiwillig draußen herumtreiben würde. Aber von der warmen Stube aus sah eine weiß gepuderte Landschaft doch auch immer schön aus.

Nichtsdestotrotz beschloss er, mit Heinrich und Fiete noch eine Runde durchs Feld zu laufen, bevor er einen gemütlichen Abend einläutete und darauf wartete, dass auch Susanne den Weg nach Hause finden würde. Gemeinsam konnten sie dann bei einem Glas Wein auf Jette und Kai warten.

Als er vom Gassigehen wieder zurückkam, hatten sich die Gerüche im Haus verändert. Den Plätzchenduft überlagerte nun ein eher deftiger. Susanne war eingetroffen und bereitete das Essen vor.

„Jette hat sich Königsberger Klopse gewünscht", verkündete sie, als Büttner neugierig in die Töpfe lugte. „Ich bereite sie schon mal vor, dann müssen wir sie nachher nur noch warm machen." Sie lächelte. „Bevor Jette schwanger war, konnte sie Kapern nicht sonderlich gut leiden. Erinnerst du dich?"

Büttner nickte, obwohl er sich noch nie hatte merken können, was seine Tochter gerne aß und was nicht. Seiner Meinung änderten sich ihre Vorlieben ständig.

„Seither hat sie, wie sie mir sagte, einen regelrechten Heißhunger darauf", fuhr Susanne fort. Sie verdrehte verzückt die Augen. „Ach, David, ist es nicht schön, dass wir schon sehr bald Oma und Opa sein werden?"

Nun, so hätte er es nicht gerade ausgedrückt, aber er nickte erneut und drückte seiner Frau einen Kuss auf die Wange. Auch sein Herz begann schneller zu schlagen, wenn er daran dachte, dass ihnen womöglich ein ganz besonderes Weihnachtsfest bevorstand. Nicht ausgeschlossen, dass er an einem der Feiertage zum ersten Mal Opa wurde. So zumindest sah es der berechnete Geburtstermin vor, der in Jettes Mutterpass stand. Jettes Mutterpass. Er schüttelte immer noch innerlich den Kopf, wenn er darüber nachdachte, dass sein kleines Mädchen nun selber Mutter wurde. Wo war nur die Zeit geblieben?

„Wir könnten schon mal mit einem Glas Rotwein anstoßen, was meinst du?", schlug Büttner vor.

„Anstoßen? Worauf?"

Büttner zuckte mit den Schultern. „Worauf immer du möchtest, mein Schatz. Such dir was aus." Er griff nach einer der Flaschen, die im Weinregal lagen. „Wäre ein Primitivo nach deinem Geschmack?" Stirnrunzelnd drehte er sich zum Tisch um, auf dem sein Diensthandy vibrierte. „Das wird doch wohl nicht …"

„Hört sich nach Arbeit an", seufzte Susanne.

„Hasenkrug, was gibt's?", meldete sich Büttner gleich darauf schlechtgelaunt. „Haben Sie mal nach draußen geguckt? Es ist bereits dunkel. Und dunkel heißt, dass es …"

„Auf dem Engelkemarkt nicht", fiel sein Kollege ihm ins Wort.

„Wie bitte?"

„Engelkemarkt. Der Emder Weihnachtsmarkt. Klingelt's?"

Büttner brummte etwas Unverständliches.

„Überall bunte Lichter. Von Dunkelheit keine Spur. Dafür aber …"

„Ich will es gar nicht wissen", wehrte Büttner ab. Vergeblich.

„… eine Leiche", vollendete Hasenkrug den Satz genauso, wie Büttner es nicht hatte hören wollen.

„Und wir haben damit zu tun, weil …?"

„Raten Sie mal, Chef. Tipp: Es handelt sich nicht um einen Herzinfarkt."

„Und das wissen Sie, weil …?"

„… der Frau eine Infusionskanüle im Rückenmark steckt."

„Eine Infusionskanüle im Rückenmark?"

„Ja. Im Halswirbelbereich. Äußerst unwahrscheinlich also, dass es sich um einen natürlichen Tod oder einen Suizid handelt."

„Aber Jette kommt gleich", murmelte Büttner.

„Ich nehme doch an, dass sie länger bleibt?"

Als Büttner mit einem bedauernden Blick auf seinen Rotwein schwieg, fügte Hasenkrug hinzu: „Na los, Chef, Sie kriegen auch eine Zuckerwatte. Versprochen."

2

Der Engelkemarkt im Emder Stadtgarten funkelte mit den geschmückten Schiffen auf dem Delft und der rundherum angebrachten Weihnachtsbeleuchtung um die Wette, und die zahlreichen Lichter brachten den nun dichter fallenden Schnee zum Glitzern. Selbst der aus der Mauer des Otto-Huus' stoßende Ottifant trug eine Weihnachtsmütze und stimmte damit auf die Feiertage ein. Und doch war es rund um den sonst um diese Jahreszeit so lebhaften Platz ungewöhnlich still. Zwar hatten sich hier und da Menschentrauben gebildet, die Büttners Ankunft lebhaft kommentierten, doch hatte man allenthalben die Musik abgeschaltet. Dem Weihnachtsmarkt war damit ein guter Teil seines Charmes verlorengegangen. Was unter den gegebenen Umständen angemessen, aber dennoch irritierend und, ja, auch irgendwie bedrückend war. Immerhin aber lag noch der Duft von Glühwein und Fettgebackenem in der Luft, was Büttner ein wenig versöhnlich stimmte.

An einer der Menschentrauben sah Büttner seine Kollegin Marieke de Boer stehen. Er nahm an, dass sie mit Zeugen sprach. Er hob den Arm zum Gruß, und sie winkte zurück.

Sebastian Hasenkrug kam ihm entgegen und hob das rot-weiße Flatterband an, das rund um den Engelkemarkt gespannt worden war, sodass sein Chef darunter hindurchschlüpfen konnte.

„Ist Anja Wilkens schon da?", erkundigte sich Büttner nach der Gerichtsmedizinerin.

„Ja. Vor zehn Minuten eingetroffen. Eigentlich hat sie Urlaub, aber eine Krankheitswelle unter ihren Kollegen hat sie nun doch hierher genötigt."

Hasenkrug lief seinem Chef voraus zum Tatort. Die Budenbetreiber musterten sie mit zumeist frustrierten Blicken. Büttner konnte sie verstehen. Natürlich waren sie wenig begeistert, dass man sie um einen Gutteil ihrer Tageseinnahmen gebracht hatte. Er wünschte ihnen, dass die Ermittlungsbehörden nicht gezwungen sein würden, ihnen auch noch am nächsten Tag das Geschäft zu vermasseln, aber das blieb abzuwarten.

Die tote Frau lag zu Füßen eines geschmückten Tannenbaums, den man in diesem Jahr im Zentrum des Weihnachtsmarktes platziert hatte. Nicht bei jedem Zeitgenossen, so hatte es in der Zeitung gestanden, war dieses Unterfangen gut angekommen, empfand es so mancher doch als unnötig, rein zum Vergnügen der Besucher einen gesunden Baum zu fällen und ihn hier vor sich hin sterben zu lassen.

„Nun steht der Baum mit diesem Schicksal ja nicht mehr alleine da", murmelte Büttner.

„Was sagten Sie, Chef?", erkundigte sich Hasenkrug.

„Nicht wichtig. Moin, Anja", wandte sich Büttner an die Gerichtsmedizinerin, die über den Leichnam in die Hocke gegangen war und an ihm herumfingerte. „Kannst du schon was sagen?"

„Moin, David. Ziemlich eindeutige Sache, denke ich.

Die Infusionskanüle hat das Rückenmark im Bereich der Halswirbel verletzt. Dadurch kam es zur Atemlähmung. So zumindest meine vorläufige Einschätzung."

„Ein Suizid ist ausgeschlossen?"

„Ich denke, davon können wir ausgehen, ja. Selbst wenn sich die Frau selber eine Kanüle in den Hals hätte stechen wollen – was ich für mehr als unwahrscheinlich halte –, wäre es in dem Winkel, in dem man die Nadel in sie hineingerammt hat, nicht möglich gewesen." Sie machte eine kurze Pause und fügte dann hinzu: „Aber, wenn du mich fragst, dann handelt es sich um eine Kanüle, wie sie Veterinäre benutzen. In der Humanmedizin sieht man so eine wie die hier eigentlich nicht. Sobald ich die Frau auf meinem Tisch habe, schaue ich mir alles genauer an."

„Wenn es nur diese Infusionskanüle ist und keine dazugehörige Spritze – oder was auch immer man da dranhängt –, ist wohl davon auszugehen, dass ihr keine Substanz zugeführt wurde?"

„So sieht's zumindest aus, ja. Wie gesagt, später mehr dazu." Die Ärztin rieb die vor Kälte geröteten Hände aneinander. „Hier ist es mir definitiv zu kalt." Sie ließ die Schnallen ihres Arztkoffers einschnappen und stand auf. „Ist Jette schon angekommen? Wie geht es ihr?"

Büttner lächelte. „Als ich ging, war sie noch nicht da. Aber wahrscheinlich kommt sie bald. Es geht ihr sehr gut, wie sie mir gestern am Telefon sagte. Zwar ist ihr inzwischen quasi jede Bewegung eine Qual und schlafen kann sie auch nicht mehr, weil sie nicht weiß, wie sie sich hinlegen soll, aber ..."

Anja Wilkens lachte und machte eine wegwerfende

Handbewegung. „Ich erinnere mich nur zu gut. Schlafen, Schuhe binden, Blase in Schach halten … In dieser Phase einer Schwangerschaft funktioniert kaum noch etwas, wie man es gewohnt ist. Na ja, schon bald hat sie es ja geschafft. Alles Gute für sie." Sie wandte sich zum Gehen. „Und bitte sag Susanne einen Gruß. Morgen hast du meinen Bericht auf dem Tisch."

„Du hast es ja mächtig eilig", stellte Büttner fest.

„Sagen wir mal so: Der Leichenfund kam mir in meinem Urlaub nicht gerade gelegen. Ich habe das ganze Haus voll Besuch. Jetzt muss ich Rolf noch beibringen, dass ich auch morgen Vormittag nicht da sein werde und er sich alleine um unsere Gäste kümmern muss. Er wird sich kaum halten können vor Begeisterung." Sie grüßte noch einmal, dann stapfte sie durch den Schnee davon.

„Nun, dann wenden wir uns jetzt mal dem Opfer zu." Büttner musterte die am Boden liegende Frau, die er auf ungefähr sechzig Jahre schätzte. Sie lag mit weitaufgerissenen Augen und, wie er fand, fragendem Blick da, als könne sie immer noch nicht glauben, dass ausgerechnet ihr ein solches Ende beschieden sein sollte. „Die Tatwaffe konnte sichergestellt werden?"

„Ja." Hasenkrug nickte. „Wie gesagt handelt es sich um eine Infusionskanüle. Die Nadel steckte noch im Hals unseres Opfers, als wir ankamen. Sie wurde entfernt, nachdem Anja den Leichnam in Augenschein genommen hat, und ist bereits auf dem Weg in die KTU."

„Hm." Büttner zog die Stirn in Falten. „Da frag ich mich doch, zu welchem Zweck jemand solch eine Kanüle auf dem Weihnachtsmarkt mit sich herumführt."

„Sie glauben, dass es eine gezielte Tat war, Chef?"

„Weiß ich nicht. Vielleicht handelt es sich auch um ein Zufallsopfer, das sich irgendein psychisch labiler Mensch ausgeguckt hat. Wäre ja nicht das erste Mal. Aber Spekulieren hilft uns an dieser Stelle nicht weiter. Warten wir zunächst die Fakten ab und ziehen daraus unsere Schlüsse. Irgendwelche Zeugen?"

„Niemand, der die Tat beobachtet haben will, obwohl hier allerhand los war. Vielleicht aber auch genau deshalb", schränkte Hasenkrug ein, „weil im Gedränge niemand auf den anderen achtete. Die Leute wurden erst aufmerksam, als die Frau in sich zusammensackte. Sie haben sofort Erste Hilfe geleistet und einen Krankenwagen gerufen. Aber als der ankam, war nichts mehr zu machen. Zumal sich die Notärztin und die Sanitäter erstmal einen Weg durch die gaffende Menge graben mussten, die dem Sterben der Frau zusah. Es war auf dem Markt wirklich die Hölle los zu dieser Zeit, ein pures Schubsen und Gedränge, wie mir einer der Budenbetreiber sagte."

„Und keiner weiß, mit wem die Frau hier war, wer zuletzt mit ihr gesprochen hat, warum sie sich an der Tanne aufhielt … nichts?"

„Doch. Die Damen dort sind ihre Freundinnen." Hasenkrug deutete auf drei Frauen, die vor einer Bude, aus der es verführerisch nach gebrannten Mandeln roch, an einem überdachten Tisch saßen und mit tränenüberströmten Gesichtern zu ihnen herüberschauten.

Büttner kamen sie bekannt vor, es brauchte jedoch einige Augenblicke, bis ihm ein Licht aufging. „Das sind doch die vom Kegeln!"

„Bitte?" Hasenkrug rieb sich das Ohr. „Ich habe Kegeln verstanden."

„Da haben Sie ausnahmsweise mal richtig verstanden. Wie heißt die Tote?"

„Jutta Göpel. Achtundfünfzig Jahre alt, wohnhaft in Emden. Wir haben ihre Papiere, ihr Portemonnaie und auch ihr Smartphone sichergestellt."

„Also kein Raubmord", konstatierte Büttner, wovon er allerdings angesichts der drei Damen auch schon ausgegangen war. „Sollte mich wundern, wenn das kein Tötungsdelikt aus Eifersucht ist."

„Wie kommen Sie denn jetzt darauf, Chef?" Hasenkrug starrte auf den Leichnam, als suche er nach Anzeichen zur Bestätigung dieser These. „Können Sie hellsehen?"

„Nur so ein Gedanke." Büttner schaute sich um. Sein Blick blieb an einem der weihnachtlich geschmückten Stände hängen, vor dem ein paar seiner Kollegen warmen Atem in ihre Hände bliesen und von einem Bein aufs andere traten. Offenbar war ihnen genauso kalt wie ihm. „Für alle eine Runde Kaffee", sagte er.

„Bitte?"

„Sorgen Sie bitte dafür, dass alle Kollegen mit Kaffee oder Kinderpunsch oder was auch immer versorgt werden, Hasenkrug. Hauptsache heiß. Hier gibt's ja Stände genug." Büttner kramte einen Hunderteuroschein aus seinem Portemonnaie und reichte ihn seinem Kollegen. „Bevor sie sich noch eine Erkältung holen und über Weihnachten krank im Bett liegen. Aber nichts Alkoholisches, versteht sich. Und wenn Sie gerade dabei sind, dann bringen Sie doch auch mir und den drei Damen Kaffee. Ich werde mich jetzt zu ihnen setzen. Ich nehme an, Sie haben ihre Personalien aufgenommen?"

„Ja, sicher, aber …"

„Dann schreiben Sie sie mir bitte auf einen Spickzettel."

„Äh …"

„Nun machen Sie schon, Hasenkrug, bevor ich hier noch festfriere. Und den Kaffee nicht vergessen!"

„Dann werde ich den Kaffee mal delegieren. Ich habe, wie Sie sich vorstellen können, andere Sachen zu tun." Hasenkrug drückte ihm einen Zettel mit den drei Namen in die Hand.

„Mir egal", knurrte Büttner. „Hauptsache er kommt bei mir an, bevor meine Hände abgefroren sind."

Er setzte sich zu den drei Frauen. „Moin. Mein Name ist Büttner. Ich bin von der Kriminalpolizei. Mein Beileid zum Verlust Ihrer Freundin. Wie ich feststelle, hat sie sich von Ihnen tatsächlich zu einem Besuch auf dem Weihnachtsmarkt überreden lassen." Er warf einen Blick zum Leichnam hinüber. Die Bestatter waren vorgefahren und sprachen mit Hasenkrug. Ein Anblick, der eine der drei Damen laut aufschluchzen ließ, eine andere begann unkontrolliert zu zittern und wandte rasch ihren Blick ab. „Kann es sein, dass Sie es von Anfang an geplant hatten, Ihren Männern den Kegelnachmittag aufzukündigen und hierher zu kommen?"

Diese wie nebenbei gestellte Frage hatte genau den Effekt, den er beabsichtigt hatte. Die Frauen waren so verdattert, dass sie sogar vergaßen zu weinen.

„Sie wundern sich, woher ich das weiß?"

Die Frauen sahen sich an, dann nickten sie.

„Ich war auch beim Kegeln. Wir hatten die Bahn neben der Ihren. Es ließ sich daher nicht vermeiden, Ihren … nun, nennen wir es Schlagabtausch … mit Ihren Männern mit anzuhören. Sie können sich also lange Umwege oder Ausflüchte sparen, ich bin über die Trennung Ihrer Freundin im Bilde. Genauso wie über den Grund der Trennung. Und da mir kalt ist, rede ich nicht lange drumherum, sondern nehme die Abkürzung: Gehen auch Sie davon aus, dass es der Ehemann Ihrer Freundin, also dieser … Wie war noch gleich sein Name?"

„Hanno", presste eine der Frauen hervor. „Hanno Göpel."

„Hanno. Genau. Also: Könnte er seine Frau getötet haben, weil sie ihn verlassen hat? Er schien mir recht aufgebracht deswegen."

„Nee, das glaube ich nicht."

Büttner schaute auf seinen Zettel und erinnerte sich, dass es sich bei dieser Frau um Birgit handelte. Birgit Buskohl. Sie war diejenige, die ihre Freundinnen animiert hatte, das Kegeln sein und die Männer zurück zu lassen. Sie schien eine Art Rädelsführerin zu sein, da sie auch hier schon wieder das Wort an sich riss. „Warum glauben Sie das nicht?"

Birgit runzelte die Stirn. „Ich sach mal so: Hanno kann es gar nicht gewesen sein, weil der nämlich mit unseren Männern unterwegs war. Und das ganz bestimmt nicht auf dem Engelkemarkt."

„Sondern?"

Er bekam zunächst keine Antwort auf diese Frage, denn nun brachte ein sehr jung aussehender Kollege vier Tassen Kaffee an ihren Tisch. „Vielen Dank für die Einladung,

Herr Hauptkommissar", sagte er. „Eine wirklich nette Geste, echt jetzt. Die Betreiberin der Bude wollte Ihr Geld aber nicht annehmen. Sie meinte, sie könnte nicht mit ansehen, wie wir frieren, und hat nun ihrerseits 'ne Runde Kaffee geschmissen. Sie sagte, das hätte sie sowieso gerade vorgehabt." Er gab Büttner den Hunderteuroschein zurück.

„Na sowas." Büttner war für einen kurzen Moment gewillt, wieder an das Gute im Menschen zu glauben. „Das ist aber wirklich nett. Sagen Sie ihr einen lieben Dank von mir."

„Von uns auch", schloss sich Birgit Buskohl an, und ihre Freundinnen, die mit beiden Händen ihren warmen Becher umfassten, nickten.

„Außerdem soll ich Ihnen von ihrer Nachbarin, also von der Frau, die den Stand neben der Kaffeespenderin betreibt, ausrichten, dass sie Sie sprechen möchte."

„Ach so? Warum denn das?", wunderte sich Büttner.

Der junge Kollege räusperte sich und machte eine Kopfbewegung zu den Zeuginnen hin, als wollte er ihm mitteilen, dass er das hier unmöglich sagen könne.

Nun räusperte sich auch Büttner. „Natürlich. Könnte jemand anderes mit der Zeugin reden? Ich habe hier noch zu tun."

„Sie sagt, dass sie nur mit Ihnen reden will. Sie will sicherstellen, dass keine Info verlorengeht. Anscheinend traut sie sonst niemandem über den Weg. Außerdem wirkt sie sehr aufgewühlt, aber das ist angesichts der Umstände ja auch kein Wunder." Um seine Mundwinkel zuckte es. „Eine Leiche unterm Tannenbaum ist auch echt 'ne Scheißbescherung. Schlimmer als Socken. Das wünscht sich keiner."

„Ich weiß zwar nicht, was genau zu Ihren Kernkompetenzen gehört", stellte Büttner mit einer gewissen Schärfe in der Stimme fest, „aber Pietät und Anstand wurden ganz offensichtlich aus Ihnen herausgemendelt."

Das Gesicht des Kollegen war jetzt nicht mehr nur vor Kälte gerötet. „Öhm … ich … also, ich wollte ja eigentlich auch nur sagen, dass die Frau mit Ihnen sprechen möchte."

„Ja. Und es wäre eine gute Idee von Ihnen gewesen, sich genau darauf zu beschränken." Es passte Büttner überhaupt nicht in den Kram, auch noch mit der Standbetreiberin reden zu müssen, denn schließlich wollte er so schnell wie möglich nach Hause. „Wie heißt die Frau?"

„Ich hab mir den Namen notiert." Der Kollege steckte Büttner einen Zettel zu.

„Danke. Richten Sie der Frau aus, dass sie morgen früh zu mir ins Kommissariat kommen soll. Um zehn. Anschließend können Sie ja weiter Kaffee verteilen. Am besten schweigend."

„Wird gemacht, Herr Hauptkommissar." Er schlich mit eingezogenem Kopf davon.

„Also noch mal: Wo war Ihr Freund Hanno mit Ihren Männern unterwegs, nachdem Sie die Kegelbahn verlassen hatten?", wandte sich Büttner wieder an die Frauen.

„Bei uns zu Hause", antwortete eine der Freundinnen, die Büttner nach einem Blick auf den Zettel als Heike Mischnick identifizierte. „Ich habe vorhin mit Gerd, was mein Mann ist, telefoniert. Er sachte, dass sie bei uns einen Grog trinken und Skat spielen."

„Wann genau haben Sie mit ihm telefoniert?"

Heike Mischnick zog ihr Smartphone aus der Tasche

und checkte ihre Anrufliste. „Ist genau siebenundfünfzig Minuten her." Sie streckte Büttner das Telefon entgegen. „Da. Gucken Sie selbst."

Büttner nickte, nachdem er einen Blick aufs Display geworfen hatte. Dieser Anruf bewies gar nichts. Vor allem nicht, dass Hanno Göpel zur Tatzeit tatsächlich mit den Männern zusammen gewesen war. Sie würden dieses angebliche Alibi noch mal genau überprüfen müssen. „Und wo waren Sie, als Ihre Freundin starb?"

„Dort drüben." Birgit Buskohl deutete auf einen Glühweinstand, der von einer mehrere Meter hohen Weihnachtspyramide überragt wurde. „Jutta musste dann aber mal aufs Klo und ist ins *Cafetje* rüber."

„Wann genau war das?"

„Weiß nicht. Um halb sieben vielleicht?"

„Muss so kurz nach sechs gewesen sein", korrigierte Imke Lengen. „Ich kann mich erinnern, dass das Glockenspiel vom Rathaus noch am dudeln war. *Macht hoch die Tür, die Tor macht weit …*" Sie begann, das Adventslied zu summen, doch endete der Vortrag in einem Gurgeln, als ihre Freundin Birgit ihr den Ellenbogen in die Rippen rammte.

„Ich … ich mag Musik", erklärte die so Malträtierte leise und senkte verschämt den Blick. Sie schien eher schüchterner Natur zu sein.

„Ab irgendeinem Punkt dürften Sie sich gewundert haben, dass Ihre Freundin nicht zurückkam." Büttner sah fragend von einer zur anderen.

„Ja, das haben wir." Heike Mischnick tippte und wischte auf ihrem Smartphone herum und hielt es ihm dann vors Gesicht. „Sehen Sie, Herr Kommissar, ich habe Jutta sogar eine Nachricht geschrieben und gefragt, wo sie denn bleibt. Wissen Sie, wir wollten nämlich weiterziehen, an die nächste Bude. Da hätte sie uns ja aber im Leben nicht gefunden, so voll, wie es hier war."

„Sie hat auf Ihre Nachricht nicht geantwortet", stellte Büttner fest. Er machte sich eine Notiz, dass die Nachricht um 18:33 Uhr abgeschickt worden war. „Und was haben Sie gemacht, als keine Antwort kam?"

„Wir sind natürlich stehen geblieben. Sonst hätte sie uns ja nicht gefunden", antwortete Birgit Buskohl.

„Stimmt nicht ganz", widersprach Imke Lengen ihr. „Heike ist dann auch zum Klo." Sie machte eine Kopfbewegung zum an den Weihnachtsmarkt unmittelbar angrenzenden Café. „Aber ins *Grand Café*, oder?"

Heike Mischnick nickte.

„Warum sind Sie nicht auch ins *Cafetje*, um zu schauen, wo Ihre Freundin bleibt?", erkundigte sich Büttner.

„Hab ich versucht. Kein Durchkommen. Obwohl ich ja nun wirklich finde, dass man lieber die kleinen privaten Cafés unterstützen sollte als die Ketten. Meine Meinung."

Büttner hob fragend die Brauen. „Indem sie dort auf Toilette gehen?"

„Man tut eben, was man kann."

„Aha." Büttner erschloss sich die Logik immer noch nicht. Allerdings war er nicht hier, um die Toilettenfrage zu klären, also sagte er: „Und wie haben Sie dann vom Tod Ihrer Freundin erfahren?"

„Ich kam gerade von der Toilette zurück, als plötzlich 'ne Frau geschrien hat. So 'n spitzer Schrei. Wie man eben schreit, wenn man unvorbereitet 'ne Leiche findet, sach ich mal. Ich bin dann da hin. Und da hab ich sie liegen sehen. Jutta. Mit so 'ner Nadel hinten im Hals." Sie fasste sich in den Nacken, dann maß sie mit den Händen die ungefähre Größe der Nadel ab. „Ich bin dann bei ihr geblieben und hab sie im Arm gehalten, bis der Rettungswagen kam. Das … muss man ja auch erstmal verdauen, dass einem die Freundin in den Armen wegstirbt. Ich glaub das ja immer noch nicht, dass Jutta …" Sie wischte sich über die Augen. „Schöne Scheiße."

„Das kannste laut sagen", murmelte Imke Lengen. Birgit Buskohl nickte bestätigend, dann brach sie unvermittelt in Tränen aus und jammerte: „Ich versteh das nicht. Ich versteh das wirklich nicht."

Büttner erhob sich. „Gut, das war's dann fürs Erste. Danke, dass Sie sich die Zeit genommen haben." Zwar fühlte er sich durch den Kaffee innerlich ein klein wenig gewärmt, aber seine Füße waren inzwischen taub vor Kälte. Alles Weitere hatte bis morgen Zeit. Der Rest des Abends sollte seiner Familie und einer großen Portion Königsberger Klopse gehören.

3

Am nächsten Morgen saß David Büttner schon sehr früh am Küchentisch, denn er wollte zeitig ins Kommissariat gehen, um die Ermittlungen voranzutreiben. Kaum, dass er sich einen Kaffee gemacht, ein Brot geschmiert und die Tageszeitung zurechtgelegt hatte, kam auch Jette in die Küche geschlurft. Sie sah übernächtigt und zerzaust aus und hielt beide Hände in den offenbar schmerzenden Rücken gestemmt.

Am Abend zuvor war Büttner erstaunt gewesen, welches Volumen ihr Bauch angenommen hatten. Als er sie vor rund sechs Wochen zum letzten Mal gesehen hatte, war ihre Schwangerschaft zwar unübersehbar gewesen, aber nun bekam selbst er schon vom schieren Hinsehen Bewegungseinschränkungen. Wie nur war es möglich, dass sie trotz der Kugel aufrecht ging und nicht vornüberkippte?

„Moin, Paps." Jette wollte sich vorbeugen, um ihm einen Kuss zu geben, richtete sich nach halber Strecke jedoch stöhnend wieder auf. „Sorry, aber das wird nichts mehr." Sie tätschelte Heinrich und Fiete, die beide an ihrem Bein hochgesprungen waren, den Kopf. „Guck mal, die beiden haben verstanden, dass sie mir ein bisschen entgegenkommen müssen."

„Ich wollte auch gerade aufstehen", behauptete Büttner. Er tat genau das und gab ihr nun seinerseits einen Kuss auf die Wange. „Kai schläft noch?"

„Ja. Er meint, er muss schon mal vorschlafen, weil es mit dem Ausschlafen ja bald vorbei sein wird." Sie verdrehte die Augen. „Natürlich stresst ihn auch die Schwangerschaft viel mehr als mich. Vater werden ist wirklich anstrengend."

„Das ist es auch", bestätigte Büttner. Er zwinkerte ihr zu. „Aber was wisst ihr Frauen schon davon."

„Nee, klar, es sollte auch keine Beschwerde sein. Was ist mit Mama?"

„Auch noch im Bett. Sie hat ja schon Ferien. Möchtest du einen Kaffee?"

Jette gähnte herzhaft, dann sagte sie: „Die Frage ist nicht, ob ich möchte, sondern ob ich darf." Sie stellte sich breitbeinig hin und ließ sich umständlich auf einen Stuhl sinken, auf dem sie mehr zum Liegen kam, als dass sie saß. Dann legte sie die Hände auf den ausladenden Bauch. „Ohne dich enttäuschen zu wollen, Paps, aber du musst wissen, dass dein Enkelkind so gar nicht nach dir kommt. Es ist nämlich sehr aktiv und gefühlt 24/7 in Bewegung."

„Haha, was haben wir gelacht."

„Kickboxen scheint ihm besonders zu liegen", fuhr Jette unbeirrt fort. „Wenn ich ihm jetzt auch noch Kaffee gebe, dreht der Zwerg bestimmt völlig frei."

„Aha. Es wird also ein Junge?"

Jette grinste. „Netter Versuch, Paps. Aber noch mal: Beschränke deine investigativen Fähigkeiten auf deinen Job und lass dich überraschen!"

Büttner seufzte resigniert. Er hätte zu gerne gewusst, ob

er der Opa eines Mädchens oder eines Jungen sein würde. Aber Jette und Kai ließen diesbezüglich nicht mit sich reden. Was nicht fair war, denn ihnen war das Geschlecht ihres Kindes offenbar bekannt. Warum also ließen sie den Rest der Welt oder wenigstens ihre Eltern nicht an ihrem Wissen teilhaben?

„Was kann ich dir denn sonst Gutes tun, wenn ich dir mit einem Kaffee keine Freude machen kann?"

„Ich hätte Lust auf einen Kräutertee. Mama hat mir gestern einen gemacht, der war sehr gut. Habt ihr auch einen Orangensaft da?"

Büttner deutete auf einen Berg Orangen im Obstkorb. „Ich kann dir einen pressen, wenn du möchtest."

Jette winkte ab. „Nee, musst du nicht. Wenn du mir einfach die Presse geben würdest, dann mache ich das selbst." Sie schenkte ihm ein Lächeln. „Aber ich hätte total Lust auf ein Rührei. Würdest du das hinkriegen?"

„Ob ich ein Rührei hinkriege?" Büttner tat beleidigt. „Als wäre das nicht eine meiner leichtesten Übungen." Er nahm die elektrische Obstpresse aus dem Schrank und stellte sie vor seiner Tochter auf den Tisch, dann schob er den Obstkorb zu ihr rüber. Ein Blick in den Kühlschrank sagte ihm, dass noch ausreichend Eier da waren. Also würde er sich seiner Tochter anschließen und ein paar Eier mehr in die Pfanne schlagen.

Jette zog die Zeitung zu sich herüber. „Euer Mord steht schon auf der Titelseite", stellte sie fest. „Jutta G. aus Emden. Sagt mir nichts." Sie schob das Blatt wieder weg. „Na, dann sieh mal zu, dass du den Fall noch vor den Feiertagen aufgeklärt kriegst, Paps. Nicht dass wir nachher alle um unser neu angekommenes Christkind herumsitzen und nur Opa David glänzt durch Abwesenheit. Das wäre dann 1:0 für Opa Jürgen, fürchte ich. Kais Papa wird nämlich ganz sicher da sein. Und du weißt ja, wie wertvoll gerade die Erstkontakte für die kindliche Prägung sind."

Büttner nahm diese Bemerkung zum Anlass, das Rührei zwar zuzubereiten, aber auf seine Portion zu verzichten, um möglichst schnell zur Arbeit zu kommen und den Fall aufzuklären. Auf gar keinen Fall nämlich würde er irgendeinem anderen Opa den Vortritt bei seinem ersten Enkelkind lassen! Das wäre ja wohl noch schöner! Er schnaubte verächtlich.

„Ist irgendwas, Paps? Gelingt das Rührei nicht so richtig?"

„Alles bestens, mein Kind, alles bestens. Mir fiel nur gerade ein, dass ich einen sehr frühen Termin im Kommissariat habe." Er ließ das Rührei aus der Pfanne auf Jettes Teller gleiten. „Was so viel heißt, dass du jetzt eine doppelte Portion Rührei ganz für dich alleine hast."

„Ich habe schon seit neun Monaten keine Mahlzeit mehr ganz für mich alleine", erwiderte Jette.

„Ja. Genau. Da hast du natürlich recht", sagte Büttner zerstreut, während er Winterboots und Jacke anzog. „Bis später, Jette. Und gib sofort Bescheid, wenn … Also, wenn es wider Erwarten schon früher soweit ist. Kein Mordfall kann so wichtig sein wie die Geburt meines Enkelkindes. Kein einziger, hörst du! Also vergiss nicht …"

Jette lachte. „Keine Sorge, Paps, wir vergessen dich ganz bestimmt nicht. Großes Ehrenwort! Übrigens", rief sie, als er schon fast zur Tür raus war, „das Rührei schmeckt himmlisch. Soll ich Mama verraten, dass du kochen kannst?"

Sebastian Hasenkrug und Marieke de Boer saßen bereits in seinem Büro, als Büttner, von seiner Sekretärin Frau Weniger mit einem Pott Kaffee versorgt, eintrat.

„Moin", grüßte er ein wenig gehetzt und setzte sich an seinen Schreibtisch. „Gibt's schon was Neues? Ich würde den Fall gerne noch vor Weihnachten abschließen. Vermutlich werde ich über die Feiertage Großvater."

„Glückwunsch, Chef."

Büttner winkte ungeduldig ab. „Gratulieren können Sie mir, wenn es soweit ist, Marieke. Was ich sagen wollte, bevor Sie mich so unwirsch unterbrochen haben: Es käme mir sehr entgegen, wenn ich mich dann über einen neugeborenen Menschen freuen könnte, anstatt über einen jüngst verstorbenen nachgrübeln zu müssen. Also? Wie weit sind wir?"

„Viel schlauer als gestern Abend sind wir leider noch nicht", stellte Marieke fest, die wie immer auf dem Besprechungstisch Platz genommen hatte. „Ich habe bis spät abends noch ein paar Recherchen angestellt, vor allem, was unser Opfer Jutta Göpel angeht. Sie ist verheiratet, hat zwei erwachsene Söhne, Zwillinge. Der eine Zwilling studiert zurzeit in Edinburgh, der andere im französischen Toulouse. Das konnte ich nicht zuletzt Frau Göpels Social-Media-Profil entnehmen, auf dem sie mit ihren Söhnen ziemlich angibt. Jutta Göpel hat Vollzeit als Verkäuferin bei einem Emder Herrenausstatter gearbeitet. Von ihrem

Ehemann lebte sie seit ein paar Tagen getrennt." Sie schaute von ihrem Tablet auf. „Was wir nicht zuletzt deshalb wissen, weil Sie sich beim Kegeln gelangweilt und einmal mehr Ihre Skills als Undercover-Ermittler unter Beweis gestellt haben, Chef."

„Danke für die Blumen", knurrte Büttner. „Aber dafür brauchte man nun wirklich keine besonderen Skills." Er setzte das letzte Wort in Anführungsstriche, da er von Anglizismen nicht viel hielt. „Lauter, als der Kegelclub es tat, hätte man diesen Umstand nicht in die Welt hinausposaunen können."

„Ich wollte mich nur ein bisschen einschleimen", erwiderte Marieke leichthin, was Büttner lediglich ein Brummen entlockte. „Und weiter?", fragte er. „Mir fehlt noch das Motiv."

„Außer dem vom Ehemann habe ich bislang kein Motiv finden können. Jutta Göpel hat ein Standardleben geführt, ohne jede Auffälligkeit. Echt boring, wenn Sie mich fragen."

„Bedauerlich", meinte Büttner. „Aber vielleicht ist sie ja tatsächlich ihrem Ehemann zum Opfer gefallen. Dann müssten wir nicht länger nach einem Mörder suchen. Was macht denn der beruflich?"

„Ja-ha", antwortete Marieke mit erhobenem Zeigefinger, „das ist angesichts der Tatwaffe etwas, was ebenfalls für Göpel als Täter sprechen könnte."

„Ist er Veterinär?"

„Nein. Aber er arbeitet als Verkäufer in einem Großhandelsgeschäft, das tiermedizinischen Bedarf vertreibt."

Büttner pfiff durch die Zähne. „Da guck mal einer an.

Deutlicher kann man ja gar keinen Hinweis auf sich selbst hinterlassen."

„Es sei denn, der Täter oder die Täterin hat beabsichtigt, dass wir genau diese Spur verfolgen", gab Hasenkrug zu bedenken. „Wenn Sie mich fragen, dann ist das alles viel zu offensichtlich."

„Möglich", erwiderte Büttner. „Vielleicht aber war Göpel auch einfach nur zu aufgebracht, um die Konsequenzen seines Handelns zu reflektieren. Oder zu dumm. Wie auch immer. Welche Variante die richtige ist, werden wir hoffentlich zeitnah herausfinden. Geben denn die Zeugenaussagen vom Weihnachtsmarkt etwas Brauchbares her?"

Marieke schüttelte den Kopf. „Bisher nicht. Niemand will etwas beobachtet haben. Jutta Göpel zog erst Aufmerksamkeit auf sich, als sie zu Boden sank."

„Allerdings haben wir über die Medien einen Aufruf gestartet, dass man uns Fotos und Videos vom Engelkemarkt zur Verfügung stellen soll", ergänzte Hasenkrug. „Vielleicht hat irgendwer ja zufällig das Tatgeschehen – und im besten Fall auch den Täter – mit seinem Smartphone festgehalten."

„Ja, von dem Aufruf habe ich auf der Fahrt hierher im Radio gehört", erwiderte Büttner. „Kameraaufzeichnungen von offizieller Stelle gibt es nicht?"

Hasenkrug verneinte. „Der Weihnachtsmarkt ist nicht videoüberwacht."

„Schade." Büttner nahm den letzten Schluck seines Kaffees und stand auf. „Dann nehmen wir uns jetzt mal den Ehemann der Toten vor. Mit viel Glück legt er ein Geständnis ab, und ich komme doch noch zu meinem Rührei."

„Welches Rührei?", erkundigten sich Hasenkrug und Marieke wie aus einem Munde, aber Büttner wischte diese Frage mit einer ungeduldigen Geste beiseite.

Die Göpels bewohnten ein Einfamilienhaus im Emder Stadtteil Borssum, wie es in den sechziger Jahren modern gewesen war. Der ganze Straßenzug schien in dieser Zeit entstanden zu sein, denn es gab kaum abweichende Bautypen. Es war, als hätte ein Bauherr vom jeweils anderen abgeguckt. Vermutlich wollte sich niemand nachsagen lassen, nicht so angepasst zu sein, wie es die Nachkriegsgesellschaft damals zur Norm erhoben hatte. Das Einzige, was das Haus der Göpels von den anderen unterschied, war der über und über mit Weihnachtsschmuck zugestopfte Vorgarten, der sich gegen die uniform wirkenden benachbarten Parzellen ausnahm wie ein Hippie auf einem FDP-Parteitag.

Nachdem Sebastian Hasenkrug dreimal an der Tür geläutet hatte, an der ein weihnachtlicher Kranz mit dem Schriftzug *Merry Christmas* sowie zwei hölzerne Rentiere hingen, wurde die Tür plötzlich aufgerissen – von einer Frau. Sie mochte um die dreißig Jahre alt sein, schätzte Büttner. Vor allem aber war sie nackt. Zumindest unter dem weißen Laken, das sie, so nahm er an, auf die Schnelle um sich geschlungen hatte.

„Sind Sie von UPS?", fragte sie gehetzt.

„Nein."

„Oh, schade." Sie zog einen Schmollmund und schaute die Straße rauf und runter, wohl in der Hoffnung, den ersehnten Lieferwagen zu entdecken. „Ich warte so dringend auf meine Schuhe."

Büttners Blick fiel auf ihre nackten Füße. „Was Sie nicht sagen."

„Leonie, ich hab dir doch gesagt, dass du nicht an die Tür ... oh." Ein Mann trat nun hinter die Frau, den Büttner als Hanno Göpel erkannte. Auch er war nur spärlich bekleidet, aber immerhin trug er T-Shirt und Boxershorts. „Sind Sie vom Paketdienst?"

„Nein. Wir sind von der Kriminalpolizei."

„Also, ich ... äh ..." Leonie drehte sich um und rannte die Treppe hinauf.

„Oh ... ähm ...", stammelte Göpel, „also das hier ... also Leonie ... äh ... Sie ist meine Schwester."

„Ihre Schwester. Soso. Und warum kaufen Sie ihr nichts zum Anziehen?" Büttner schob sich ohne eine Aufforderung an ihm vorbei in den Hausflur. „Ihnen ist bekannt, dass Ihre Frau gestern einem Verbrechen zum Opfer gefallen ist, Herr Göpel?"

„Ja, natürlich ... ich ... Sie werden verstehen, dass ich ... äh ... ein wenig Ablenkung brauchte ... äh ... Trost. Ich brauchte Trost. So ein Schock will ja auch verarbeitet sein."

„Und Trost findet man natürlich am besten bei der Familie."

„Familie?"

Büttner schaute ihn kopfschüttelnd an. „Es tut mir leid, das sagen zu müssen, aber ein überzeugender Lügner ist an Ihnen nicht verlorengegangen."

Göpel kniff die Lippen zusammen und schwieg. Er war ihnen voraus in die großräumige Wohnküche gegangen. Auch hier gab es haufenweise Weihnachtsschmuck. An den Wänden, an den Fenstern, in den Regalen. Neben

zahlreichen Kerzen und Gestecken auch Weihnachts-
männer, Engel, Schneemänner und Rentiere. Aus Pappe,
Metall, Glas, Holz, Kunststoff. Über allem lag der Duft
von Tannennadeln. Wobei Büttner annahm, dass Letzterer
von irgendwelchen Aroma-Diffusern herrührte, denn
wenn es eines in dieser adventlichen Kitschhölle nicht gab,
dann war es frisches Tannengrün.

Göpel griff nach einem Oberhemd, das über einer Stuhl-
lehne hing, hob eine Jeans vom Fußboden auf und zog sich
beides über. Es war die Kleidung, die er tags zuvor beim
Kegeln getragen hatte. Warum sie sich nun in der Küche
wiederfand, konnte Büttner mit einem Blick auf den für
diesen Haushalt erstaunlich leergefegten Küchentisch
und den darunter verstreut liegenden Gegenständen nur
vermuten.

„Ich nehme an, Leonie ist die Geliebte, wegen der Ihre
Frau Sie verlassen hat?", meldete sich erstmals Hasenkrug
zu Wort.

„Nun … äh … was soll ich sagen." Göpel kratzte sich
verlegen am Hinterkopf.

„Die Wahrheit", schlug Büttner vor.

„Äh … ja." Göpel schaute von einem zum anderen.
„Leugnen hat wohl keinen Zweck, oder?" Er bot den
beiden Beamten einen Platz an. „Kaffee, die Herren?" Er
nickte ihnen komplizenhaft zu. „Sie müssen zugeben, dass
wir Männer das ab und zu mal brauchen."

„Was? Kaffee?", stellte Büttner sich dumm.

„Haha … nee. Sie haben wirklich Humor, Herr
Kommissar." Wieder das Kratzen. „Ich meine, dass wir ab
und zu mal was Neues brauchen. Im Bett. Was … wie soll

39

ich sagen ... Unverbrauchtes. Zur Entspannung. Gerade dann, wenn ... na ja ... in solchen Situationen eben."

„Was wir auf jeden Fall nicht brauchen, Herr Göpel", erwiderte Büttner, „sind Typen, die nichts anderes kennen als ihr eigenes Ego. Und dies selbst dann noch, wenn ihre Frau gerade einem Verbrechen zum Opfer gefallen ist, sie deswegen unter Mordverdacht stehen und ihnen ein wenig Demut ganz gut zu Gesicht stünde."

Göpel erbleichte. „Mordverdacht?" Er fuchtelte mit den Armen in der Luft herum. „Damit können Sie mich ja wohl nicht meinen. Ich habe mit dem Tod meiner Frau nichts zu tun. Gar nichts!" Sein Tonfall wurde jammernd. „Wie ... wie könnte ich auch. Ich habe Jutta schließlich geliebt."

„Sie haben eine interessante Art, das zu zeigen", stellte Hasenkrug fest.

„Äh ... wie war das nun mit dem Kaffee?", versuchte Göpel, sich aus dem für ihn unangenehmen Gespräch zu winden.

„Nein, danke", antwortete Büttner. „Aber Ihr Alibi würden wir nehmen."

„Ich war mit meinen Freunden zusammen." Das kam für Büttners Geschmack ein wenig zu schnell. „Den ganzen Nachmittag und Abend. Wir haben Skat gespielt. Bei einem meiner Freunde zu Hause. Gerd Mischnick. Ich gebe Ihnen gerne seine Adresse und seine Telefonnummer. Und die meiner anderen Freunde auch." Schon griff er nach Zettel und Stift, die wie zufällig bereitlagen, und begann zu schreiben.

„Sie haben also den ganzen Nachmittag und Abend mit

Ihren Freunden Skat gespielt", wiederholte Büttner. „Ab wie viel Uhr genau?"

„Ab 15 Uhr."

„Sind Sie sicher?", gab Büttner ihm eine letzte Chance.

„Natürlich bin ich sicher." Er lachte dröhnend auf. „Ich war doch dabei. Das werden Ihnen meine Freunde bestätigen."

Ein abgestimmtes Alibi also. „Haben Sie einen Zwillingsbruder?", fragte Büttner.

Göbel hielt im Schreiben inne. „Hä? Wieso?"

„Weil ich gestern Nachmittag jemanden beim Kegeln gesehen habe, der genauso aussah wie Sie. Erstaunlich, oder? Was es nicht alles gibt. Und stellen Sie sich vor: Dieser Typ hat sich ständig darüber beschwert, dass ihm vor wenigen Tagen seine Frau weggelaufen ist. Sie heißt Jutta. Genau wie Ihre. Zufälle gibt's!"

Auf Göpels Hals und Gesicht hatten sich hektische rote Flecken gebildet. Er nahm einen Lappen zur Hand und wischte damit über den blitzblanken Tisch. „Ja, okay, dann war es eben schon später, als wir nach dem Kegeln zu Gerd gegangen sind. Man kann sich ja wohl mal in der Zeit versehen."

„Ich … bin dann mal weg", ließ sich Leonie von der Tür her vernehmen. „Sag mir Bescheid, wenn UPS hier war." Sie huschte von dannen, und gleich darauf fiel die Haustür hinter ihr ins Schloss.

„Ist die Dame schon eingezogen, dass sie ihre Pakete hierher liefern lässt?", fragte Hasenkrug.

„Nee. Quatsch. Nee. Keine Ahnung, warum die das gemacht hat. Ich hab ihr auch gesagt, dass das Quatsch ist, dass sie das Zeug hierher liefern lässt." Er schaute Hasenkrug finster an. „Aber ich wüsste auch wirklich nicht, was Sie das überhaupt angeht."

„Eine ganze Menge, Herr Göpel, aber das erklären wir Ihnen gerne später."

„Ihre Frau wurde mit einer Infusionskanüle getötet, wie sie gemeinhin Veterinäre verwenden", wechselte Büttner das Thema, was Göpel dazu veranlasste, im Wischvorgang abrupt innezuhalten und ihn anzustarren. „Angesichts Ihres Berufs sind die Schlüsse, die wir aus dieser Tatsache ziehen, nur allzu offensichtlich, finden Sie nicht?"

Göpels Blick wurde flehend. „Aber ich ... ich war es nicht, Herr Kommissar. Da ... da will mir jemand was anhängen. Bitte, das müssen Sie mir glauben."

Büttner seufzte. „Was mir leichter fallen würde, wenn Sie uns nicht schon die ganze Zeit belogen hätten, Herr Göpel."

Hasenkrug schob Büttner einen Zettel zu. *Die Zeugin vom Weihnachtsmarkt kommt gleich ins Kommissariat.*

„Nun gut." Büttner stand auf. „Ich muss Sie bitten, uns aufs Kommissariat zu begleiten, Herr Göpel. Vielleicht hilft Ihnen ja eine andere Umgebung dabei, die Wahrheit wiederzufinden." Er ließ seinen Blick durch den mit Kitsch überladenen Raum schweifen. „Hier würde es auch mir schwerfallen, einen klaren Gedanken zu fassen."

4

Die Standbetreiberin war nicht ins Kommissariat gekommen, weil sie angeblich niemanden gefunden hatte, der in der Zwischenzeit ihren Stand versorgen würde. Also hatten sich David Büttner und Sebastian Hasenkrug widerstrebend auf den Weg zum Emder Weihnachtsmarkt gemacht, um mit der Zeugin zu sprechen. Am Telefon habe sie noch einmal bekräftigt, wie wichtig ihre Aussage sei, so Frau Weniger. Aus welchem Grund sie dies annahm, war sie allerdings nicht bereit gewesen zu sagen.

Als die beiden Beamten ankamen, hatte der Engelkemarkt noch nicht geöffnet, aber die Vorbereitungen der Standbetreiber waren bereits in vollem Gange. Sie passierten die Tanne, an der tags zuvor der Mord geschehen war. Dutzende flackernde Grablichter und Blumensträuße waren um den Baum herum abgelegt worden, eine Frau stand mit gesenktem Kopf davor, hatte die Augen geschlossen und die Hände wie zum Gebet gefaltet.

„Das ist doch Birgit Buskohl", stellte Hasenkrug fest, und nach genauerem Hinsehen gab Büttner ihm recht. Die Frau beendete ihre innere Einkehr, deutete eine Verbeugung an, drehte sich um – und schlug erschrocken ihre Hand an die Brust, als sie Büttner und Hasenkrug direkt vor sich stehen sah. „Oha", stieß sie keuchend hervor, „nun haben Sie mich aber erschrocken."

„Das tut mir leid", erwiderte Hasenkrug, während Büttner eine entschuldigende Geste machte.

„Ich wollte Jutta noch mal anständig Tschüss sagen", erklärte die Frau. Tränen lösten sich aus ihren Augenwinkeln, und sie wischte sie mit dem Ärmel ihres Mantels ungeduldig weg. Büttner vermochte nicht zu sagen, ob die Tränen und ihre gerötete Nase von der Trauer oder von der Kälte herrührten. Zwar lagen die Temperaturen an diesem Tag nicht mehr unter dem Gefrierpunkt, und der Schnee war längst zu einem glitschigen Matsch geworden, aber unangenehm kalt war es immer noch. „Gestern ging ja alles so schnell, man konnte ja keinen klaren Gedanken mehr fassen", fuhr sie fort. „Heute Nacht habe ich dann aber die ganze Zeit wachgelegen, weil mir plötzlich erst richtig bewusstwurde, was Jutta Schreckliches passiert ist und dass sie nun nie wieder mit uns feiern und lachen wird. Nicht mal eine schöne Tasse Tee können wir mehr miteinander trinken." Sie putzte geräuschvoll die Nase. „Und warum sind Sie nun schon wieder hier? Haben Sie Juttas Mörder wenigstens schon verhaftet?"

„Leider nicht", antwortete Büttner.

„Was ja nicht gerade eine Glanzleistung ist", behauptete die Frau. „Wo doch jeder weiß, dass es Hanno war. Ich möchte dem ja gar nicht mehr begegnen. Wer weiß denn schon, was der dann mit einem macht."

„Wie schön für Sie, dass Sie den Täter kennen", entgegnete Büttner. „Dann erzählen Sie doch mal, warum Ihnen Beweise vorliegen und uns nicht."

„Wie meinen Sie denn das jetzt?"

„Wenn Sie keine Beweise hätten, würden Sie ja nicht wissen, dass der Ehemann den Mord verübt hat. Also? Ihnen ist sicherlich bewusst, dass die Unterschlagung von Beweisen eine Straftat ist."

„Aber ich hab doch gar nicht behauptet, dass ich Beweise habe. Nun drehen Sie mir mal nicht das Wort im Mund um. Ich meinte ja nur, dass Hanno …" Sie machte eine Pause, schien nach den richtigen Worten zu suchen. „Ich meine, jeder weiß doch, dass er ordentlich Brass auf Jutta hatte."

„Und jeder sind in diesem Fall Sie?"

„Also, das muss ich mir ja nun wirklich nicht länger anhören!", schnaubte sie empört. „Da will man nur helfen und dann … Und überhaupt: Wie Sie auf meiner Trauer rumtrampeln, ist ja nicht mehr feierlich. Ich werde mich über Sie beschweren."

„Könnten Sie jetzt bitte mal zu mir kommen, Herr Kommissar?!", plärrte die Zeugin vom Stand zu ihnen herüber, noch bevor Büttner etwas erwidern konnte. „Gleich geht's los, mit der Kundschaft, und dann hab ich ganz bestimmt keine Zeit mehr für Sie! Also? Wat is nu?"

„Machen Sie, was immer Sie für richtig halten." Mit diesen Worten verabschiedete sich Büttner von Birgit Buskohl. „Wie heißt noch gleich die Dame vom Stand?", fragte er seinen Kollegen.

„Foelke Schmitz. Marieke hat sie bereits überprüft. Alles unauffällig soweit."

„Na, das wird ja auch mal Zeit, dass Sie kommen", maulte die Frau, als sie die Tür ihres Wagens öffnete und sie eintreten ließ. Über einem roten Rolli trug sie einen Wollpullover, eine dicke Strickjacke sowie eine mit Fettflecken übersäte Schürze, und ihren Kopf schmückte eine Weihnachtsmannmütze. „Kann ja wohl nicht angehen, dass Sie sich erst noch mit anderen Leuten unterhalten, wenn wir verabredet sind."

Von der mauligen Frau einmal abgesehen, wähnte sich Büttner im Paradies. Nicht nur, dass es hier im Verkaufswagen einen Heizstrahler gab, der die Luft erwärmte; zudem gaben auch die technischen Geräte Wärme ab, aus denen es noch dazu verführerisch duftete. Aktuell bereitete Foelke Schmitz eine Ladung gebrannter Mandeln zu, gleich daneben brutzelten Quarkbällchen in heißem Fett, und einem dritten Gerät entwich der süße Geruch von Zuckerwatte. Leider aber machte die Standbetreiberin keine Anstalten, ihnen etwas anzubieten.

„Nun, dann legen Sie mal los", forderte Hasenkrug die Frau auf und hielt seinen Notizblock in die Höhe. „Was genau haben Sie gestern beobachtet?"

„Was?"

„Wenn Sie vielleicht die Musik ein wenig leiser machen könnten", forderte Büttner sie auf und deutete auf das Radio, aus dem fröhlich aber laut *Jingle bells* erklang.

Sie folgte seiner Aufforderung sichtlich widerwillig. „Ich versteh wirklich nicht, wie jemand was gegen Weihnachtsmusik haben kann", murmelte sie.

„Was genau Sie gestern beobachtet haben, hatte ich gefragt", meldete sich Hasenkrug erneut zu Wort.

„Ja-ha!" Sie hob den Zeigefinger und schaute bedeutungsvoll von einem zum anderen. „Also da war ja dieser …"

Dann stutzte sie und schlug die Hände zusammen. „Ach herrje, ich hab Ihnen ja noch nicht mal einen Kaffee angeboten. Das ist ja nun wirklich unhöflich." Sie fischte ein paar Quarkbällchen aus dem heißen Fett, ließ sie kurz abkühlen und tunkte sie dann in eine mit Zucker gefüllte Schüssel. „Und vielleicht dürfen es auch ein paar leckere Bällchen dazu sein? So frisch haben Sie die bestimmt noch nie gegessen."

Büttner fühlte sich etwas überrumpelt von ihrer plötzlichen Freundlichkeit, und auch Hasenkrug musterte sie für ein paar Augenblicke misstrauisch.

„Nun, die Herren? Ihnen ist doch bestimmt kalt, so lange wie Sie da draußen mit der armen Frau gestanden haben, die so sehr um ihre Freundin trauert."

„Öhm … ja." Büttner räusperte sich und sagte dann mit ehrlicher Freude: „Ja, da lassen wir uns natürlich nicht zweimal bitten. Sehr gerne, vielen Dank." Ob in dieser Frau zwei unterschiedliche Persönlichkeiten steckten?

Nur wenig später hielten sie einen dampfenden Becher Kaffee in der einen und ein Quarkbällchen in der anderen Hand. Büttner nahm einen ersten Bissen und verdrehte entzückt die Augen. „Köstlich", schmatzte er.

„Ja, isso, oder? Die sind wirklich gut. Hab auch heute Morgen erst das Fett ausgetauscht." Sie strahlte über das ganze gerötete Gesicht. „Wie war denn wohl noch gleich Ihre Frage gewesen?", erkundigte sie sich dann bei Hasenkrug.

„Sie wollten uns erzählen, was Sie gestern, das Tötungsdelikt betreffend, beobachtet haben." Hasenkrug nahm ein Papiertaschentuch zur Hand und wischte sich Zucker von Kinn und Fingern.

„Ach so, ja, richtig." Foelke Schmitz strich sich eine Strähne ihres ergrauten Haars hinters Ohr. „Also, da war dieser Flüchtling."

Büttner und Hasenkrug hoben gleichzeitig den Blick. „Flüchtling?", nuschelte Büttner, den Mund gefüllt mit einem zweiten Quarkbällchen.

„Ja. Ich hab genau gesehen, wie der ständig hinter der Frau, also der Toten … also dem Opfer …" Sie machte eine wegwerfende Handbewegung. „Oder wie man dazu auch immer sacht. Das wissen Sie bestimmt besser als ich. Also der Flüchtling, der war minutenlang hinter ihr. Ganz dicht an ihr dran war der. Und dann plötzlich … zack! …" Sie klatschte einmal in die Hände, „sackt sie unter der Tanne einfach so in sich zusammen."

„Und woher wissen Sie, dass es sich bei besagtem Mann um einen Flüchtling handelt?", hakte Büttner nach. Er hielt seinen Becher nun mit beiden Händen umfangen und genoss die Wärme.

„Das sieht man doch, dass das einer von denen ist."

„Und das heißt jetzt genau was?"

„Na ja, so 'n junger Schwarzhaariger war das. Mit Bart." Sie deutete einen längeren Bart an. „So wie die eben aussehen, die auf offener Straße unschuldige Menschen umbringen."

Wie er solche Verallgemeinerungen hasste! Büttner musste sich Mühe geben, nicht aus der Haut zu fahren. „Stellen Sie sich vor, es gibt auch Deutsche mit dunklem Haar und Vollbart. Und auch Deutsche – und selbst Ostfriesen – bringen unschuldige Menschen um. Glauben Sie mir, ich weiß, wovon ich spreche."

„Je nu, aber ja nicht so", behauptete sie.

„Wie, nicht so?"

„Je nu, mit 'nem Stich in den Hals eben. So wie die das immer tun. Ob nun mit Messer oder mit so 'ner Nadel, das ist denen doch ganz egal. Hauptsache tot."

Um seine Nerven zu beruhigen, nahm sich Büttner ein weiteres Quarkbällchen und schob es sich in Gänze in den Mund.

„Und woher wissen Sie so genau, dass es sich bei dem Mann um einen Flüchtling handelt?", erkundigte sich Hasenkrug. „Kennen Sie ihn?"

Foelke Schmitz schüttelte den Kopf. „Nee, solche Leute kenne ich nicht. Aber man sieht denen ja an, wo sie herkommen."

„So wie man Ihnen ansieht, dass Sie aus Ostfriesland kommen", konnte es sich Büttner nicht verkneifen zu sagen.

„Ja, so ungefähr." Der Sarkasmus in seiner Stimme war ganz offensichtlich nicht bei ihr angekommen.

„Sie haben nicht zufällig ein Foto von diesem Mann?", wollte Hasenkrug wissen.

„Nee. Ich konnte ja nicht wissen, dass der die Frau umbringt." Sie schüttelte den Kopf. „Man ist seines Lebens ja wirklich nirgends mehr sicher. Nun morden die schon hier in Ostfriesland. Man möcht's ja gar nicht glauben."

„Um welche Uhrzeit wollen Sie das alles beobachtet haben?"

„Hm." Die Frau zog die Stirn in Falten. „Weiß nicht. Hier ist ja immer so viel los, dass man gar nicht dazu kommt, auf die Uhr zu gucken."

„Aber Ihnen blieb schon die Zeit, den Blick für längere

Zeit über die Menge schweifen zu lassen", erwiderte Büttner.

„Nee. Natürlich nicht. Wie sollte das denn wohl gehen?" Die Frau sah ihn vorwurfsvoll an. „Man merkt wirklich gleich, dass Sie so was hier noch nie gemacht haben."

Hasenkrug, der seinen Becher immer mal beiseitegestellt hatte, um sich Notizen zu machen, blätterte in seinem Block. „Ich zitiere: *Also der Flüchtling, der war minutenlang hinter ihr.* Das genau waren Ihre Worte. Sie müssen ihn also für längere Zeit beobachtet haben."

„Das ist ja nun Haarspalterei, Herr Kommissar. Aber wenn ich das so gesagt hab, dann wird es wohl auch so gewesen sein."

„Aha." Hasenkrug schien ebenso wenig überzeugt wie Büttner. „Haben Sie uns sonst noch was zu sagen?"

„Nee. Mehr weiß ich auch nicht. Ich wollt nur meine staatsbürgerliche Pflicht tun. Aber nun gucken Sie mich so an, als würde ich nur Blödsinn reden. Und da wundern Sie sich, dass unsereiner nicht mal mehr der Polizei vertraut heutzutage." Ihre Stimme hatte an Schärfe gewonnen. „Dabei ist das ja nur normal, dass Ihnen niemand mehr vertraut, wenn Sie immer nur die kriminellen Flüchtlinge in Schutz nehmen und so tun, als würden wir uns das alles nur einbilden, dass die unsere Gastfreundschaft ausnutzen."

Offenbar hatte sie ihre zweite – oder war es ihre erste? – Persönlichkeit wiedergefunden.

„Würden Sie sich zutrauen, den angeblichen Flüchtling auf einem Foto wiederzuerkennen oder mit unserer Unterstützung ein Phantombild von ihm anfertigen zu lassen, Frau Schmitz?", fragte Hasenkrug.

Sie schaute ihn einen Moment fragend an, dann trat in ihre Augen ein Leuchten und sie sagte: „Sehense, ich wusste doch, dass der Kerl bei der Polizei schon bekannt ist. Hätt mich ja auch gewundert, wenn Sie von dem nicht schon ein Foto hätten." Sie zog die Augenbrauen zusammen. „Der sah auch schon so finster aus. Ich meine, wie der schon geguckt hat!"

Hasenkrug seufzte. „So meinte ich es nicht, Frau Schmitz. Es ging lediglich darum …"

„Lassen Sie es gut sein, Hasenkrug", fiel Büttner ihm ins Wort. „Ich glaube nicht, dass Erläuterungen hier viel bringen." Er wandte sich an Foelke Schmitz. „Sie kommen bitte spätestens morgen früh zu uns aufs Revier, damit wir das Phantombild anfertigen können." Als sie zum Protest ansetzen wollte, fügte er hinzu: „Ich müsste Sie sonst wegen Behinderung einer Mordermittlung belangen."

Die Frau stemmte ihre Hände in die Hüften und schnappte empört nach Luft. „Also, da hört sich ja nun wohl alles auf! Da will man nur behilflich sein und nun das! Behinderung einer Mordermittlung! Nu hör sich das einer an! Ich werd mich über Sie beschweren, Herr Kommissar, das ist mal sicher!"

„Machen Sie das. Aber stellen Sie sich hinten an." Büttner drückte ihr seinen Becher in die Hand. „Vielen Dank für Kaffee und Gebäck."

„Jo. Da nich für."

„Guter Schachzug, Frau Schmitz einzubestellen", sagte Hasenkrug, als sie sich ein ganzes Stück vom Stand entfernt hatten. „Aber ich nehme doch an, dass Sie sich von der Aktion genauso wenig versprechen wie ich."

„Da nehmen Sie richtig an, Hasenkrug. Trotzdem will ich ihre Zeit wenigstens einmal genauso verschwenden wie sie unsere. Und nun rufen Sie doch bitte direkt mal bei Marieke durch. Sie soll die Fotos und Videos, die aus der Bevölkerung inzwischen hoffentlich zahlreich eingegangen sind, auf einen südländisch aussehenden Mann hin checken, der sich in der Nähe unseres Opfers aufhält."

„Sie glauben aber nicht wirklich, dass dieser angebliche Flüchtling etwas mit der Tat zu tun hat", erwiderte Hasenkrug mit einem gewissen Entsetzen in der Stimme. „Schon allein, dass Jutta Göpel mit einer Infusionsnadel und nicht mit einem Messer getötet wurde, lässt die ganze Geschichte doch …"

„Wir müssen es zumindest ausschließen, Hasenkrug", unterbrach Büttner die Argumentation seines Kollegen. „Wir können eine solche Aussage nicht einfach ignorieren, auch wenn sie uns noch so widersinnig erscheint. Stellen Sie sich nur mal vor, dieser Mann ist tatsächlich unser Täter, und wir sind dem Hinweis nicht nachgegangen. Dann möchte ich wirklich nicht in Ihrer Haut stecken, Hasenkrug."

„Wieso in meiner, Chef? Sie hängen doch genauso mit drin."

„Ich habe von Christian Lindner gelernt."

„Und das heißt?"

„Dass ich in einem solchen Fall natürlich alle Schuld auf Sie und Ihre unverantwortlichen Versäumnisse schieben würde. Einer muss ja schließlich das Bauernopfer sein. Oder glauben Sie wirklich, ausgerechnet ich würde mich einer öffentlichen Diskussion darüber stellen, dass in diesem Land immer nur die Ausländer geschont werden? Oder gar, dass ich Lust auf ein Disziplinarverfahren hätte?"

Hasenkrug zog eine Grimasse. „Ich wusste immer, dass ich mich auch in der höchsten Not auf Sie verlassen kann, Chef. Meinen ergebensten Dank."

„Da nich für, Hasenkrug. Da nich für." Büttner blieb vor einem Stand stehen. „Sie schulden mir übrigens noch eine Zuckerwatte."

5

„Was gibt es Neues, Marieke?", fragte Büttner, als er und Hasenkrug das Vorzimmer ihres Büros betraten und sie die junge Kollegin mit einem Becher Kaffee in der Hand und im Gespräch mit Frau Weniger vorfanden.

„Wie kommen Sie denn darauf, dass es Neues gibt, Chef?"

„Sonst würden Sie nicht hier rumsitzen und auf uns warten, sondern Ihrer Arbeit nachgehen."

„Ich gehe meiner Arbeit nach, Chef." Marieke hielt ihr Tablet in die Höhe.

„Marieke und ich haben die Fotos und Videos gesichtet, die nach unserem Anruf von Besuchern des Engelkemarkts geschickt wurden", sprang Frau Weniger ihr bei. „Es sind knapp drei Dutzend, und da dachten wir, es geht schneller zu zweit, wenn man es gründlich machen will."

„Mit welchem Ergebnis?", erkundigte sich Hasenkrug.

„Wir haben einen Treffer."

„Lassen Sie uns ins Büro gehen", schlug Büttner vor, während er seine Jacke an die Garderobe hängte. „Ich habe heute schon lange genug irgendwo rumgestanden."

Frau Weniger streckte Büttner ein Kosmetiktuch entgegen und tippte sich ans Kinn. „Sie haben da was, Chef. Was Rosafarbenes. Und an der Stirn auch."

„Könnte daran liegen, dass der Chef gerade noch bis zum

Scheitel in Zuckerwatte gesteckt hat." Hasenkrug grinste breit.

„Und ich dachte, ihr geht auf dem Engelkemarkt eurer Arbeit nach", konnte sich Marieke einen Seitenhieb nicht verkneifen.

Büttner ignorierte seine Kollegen und wischte sich mit dem Tuch über Stirn und Kinn. „So besser?"

Frau Weniger nickte. „Was ist mit Herrn Göpel?", rief sie hinter Büttner her, als der nun sein Büro betrat. „Er sitzt schon seit geraumer Zeit im Verhörraum."

„Um den kümmern wir uns später. So lange er hier ist, läuft er uns wenigstens nicht weg."

„Ach ja, und der Obduktionsbericht ist gekommen. Sie finden ihn auf Ihrem Schreibtisch, Chef."

„Danke, Frau Weniger."

„Hat Ihr Besuch bei der Standbetreiberin denn irgendwelche Erkenntnisse gebracht, außer dass der Täter angeblich ein Flüchtling war?", wollte Marieke wissen, nachdem sie die Tür hinter sich geschlossen hatte.

Sie setzten sich, und Hasenkrug fasste in wenigen Sätzen zusammen, was Foelke Schmitz gesagt hatte.

„Also eigentlich nichts von Wert", schlussfolgerte Marieke. „Zusammengefasst hat sie eure Zeit verplempert und dabei auch noch Vorurteile der untersten Kategorie abgesondert."

Hasenkrug seufzte. „Gut auf den Punkt gebracht. Leider kann man sich seine Zeugen nicht aussuchen."

„Was ist denn nun mit dem angeblichen Flüchtling?", fragte Büttner, während er den Obduktionsbericht überflog. Es war, wie Anja Wilkens bereits vermutet hatte:

Die Nadel der Infusionskanüle hatte das Rückenmark des Opfers verletzt und zum Atemstillstand geführt. Als Anmerkung stand dabei, dass, wenn man von einem gezielten Tötungsdelikt ausging, der Täter oder die Täterin womöglich über anatomische Kenntnisse verfügte, da die Nadel zielgerichtet das Atemzentrum lahmgelegt hatte.

„Konnten Sie auf den Fotos jemanden erkennen, der auf die Beschreibung der Standbetreiberin passt, Marieke?"

„Auf den bisher gesichteten Fotos nicht, nein. Aber in einem Video."

Büttner schaute interessiert auf.

„Genau genommen hat Frau Weniger den Mann entdeckt."

„Es gibt ihn also tatsächlich?" Büttner hatte sich die ganze Zeit gefragt, ob sich Foelke Schmitz ihre Welt nicht womöglich einfach so zurechtgelegt hatte, wie sie sie gerne hätte. Bekanntlich gab es heutzutage nicht wenige Menschen, die geradezu nach Hinweisen suchten, um ihre vorgefasste Meinung über die vermeintlichen Schuldigen an der deutschen Misere bestätigt zu sehen. Ein Zitat kam ihm in den Kopf, welches in den sozialen Medien fälschlicherweise Loriot zugeordnet wurde, tatsächlich aber wohl aus dem spanischen Sprachraum stammte: *In Krisenzeiten suchen Intelligente nach Lösungen, Idioten suchen nach Schuldigen.*

„Sagen wir mal so", erwiderte Marieke, „in dem Video ist ein Mann zu erkennen, auf den das landläufige Stereotyp eines Flüchtlings anwendbar ist. Nicht mehr und nicht weniger." Sie spielte dieses Video auf den großen Bildschirm an der Wand und startete es. Es zeigte einen Wust

Menschen, die sich dicht an dicht zwischen den Ständen des Weihnachtsmarktes in alle Richtungen schoben. Irgendwer musste aus einer etwas erhöhten Position heraus mit Handy oder Kamera über die Menge hinweg gefilmt haben.

Während der Film lief, kniff Büttner seine Augen zu schmalen Schlitzen zusammen und schob seinen Kopf vor. „Also ich sehe nichts außer Körpern. Und welcher von denen soll nun zu dem Mann gehören, den wir suchen?"

„Kleinen Moment, Chef, die beiden kommen jeden Moment ins Bild, und zwar ..." Marieke hielt die Fernbedienung wie eine Waffe auf den Monitor gerichtet, „... jetzt." Die Menschen auf dem Monitor erstarrten in ihrer Bewegung. „Ich zoome den entsprechenden Ausschnitt mal ein wenig heran."

Auf dem Bildschirm erschien nun ein recht grob gepixeltes Bild, die Gesichter aber waren, soweit sie die Kamera überhaupt eingefangen hatte, noch einigermaßen zu erkennen. Marieke stand auf und deutete mit einem Pointer nacheinander auf zwei Personen. „Das hier ist unser Opfer, Jutta Göpel. Und das hier", der rote Punkt des Lasers sprang auf eine Person, die unmittelbar hinter ihr ging, „könnte der angebliche Flüchtling sein, den Frau Schmitz gemeint hat."

„Zumindest ist es ein Mann, der auf ihre Beschreibung passt." Büttner nickte. „Südländischer Typ mit Vollbart. Wissen wir schon, wer er ist?"

„Noch nicht. Die KTU scannt das Bild gerade mit einem Gesichtserkennungsprogramm. Freundlicherweise guckt der Mann ja genau im richtigen Moment in Richtung der Kamera. Mit viel Glück gibt es ein Pendant zu ihm auf irgendeiner Homepage oder in den sozialen Medien."

„Oder gar in unserer Kartei", ergänzte Hasenkrug. „Man weiß ja nie."

„Nicht alle südländisch aussehenden Männer finden sich automatisch in unserer Kartei", entgegnete Büttner ungewohnt scharf. „Nun fangen nicht auch noch Sie damit an, irgendwelche Vorurteile zu bedienen!"

„Ich habe lediglich auf eine der Möglichkeiten hingedeutet", protestierte Hasenkrug. „Das hat mit rassistischen Vorurteilen, die Sie mir anscheinend unterstellen wollen, überhaupt nichts zu tun, Chef. Und außerdem ist es ja auch keineswegs so, dass wir niemanden dieses Typs in der Kartei hätten."

„Ich wollte lediglich klarstellen, dass …"

„Nun lasst doch mal gut sein!", schimpfte Marieke und verdrehte entnervt die Augen. „Merkt hier eigentlich niemand außer mir, wie bescheuert und vor allem völlig unnötig diese Diskussion gerade ist? Könnten wir uns vielleicht einfach darauf einigen, dass wir diesen Herrn zu diesem Zeitpunkt einfach nur als potenziellen Zeugen und, falls sich die Verdachtsmomente gegen ihn erhärten, als potenziell Verdächtigen behandeln, ohne gleich eine Political-Correctness-Debatte zu führen? Hier geht es gerade nicht darum, ob nur Deutsche in Deutschland einen Mord verüben dürfen. Wir haben lediglich ein Verbrechen aufzuklären, dem eine Frau zum Opfer fiel. Weil es unser verdammter Job ist, genau das zu tun, okay?"

Für ein paar Augenblicke herrschte ertapptes Schweigen im Raum, dann räusperte Büttner sich und fragte: „Gibt es eine Zeitangabe zu dieser Aufnahme?"

Marieke, die sichtlich aufgewühlt war, atmete einmal tief

durch. „Ja, die gibt es. Laut den Zeugenaussagen, die wir von Besuchern des Engelkemarkts bekommen haben, geschah der Mord ziemlich genau um 19:00 Uhr. Mehrere Zeugen erinnerten sich daran, dass das Glockenspiel des Rathauses gerade eingesetzt hatte, als Jutta Göpel in sich zusammensackte."

„Vielleicht hat der Mörder nur auf den siebten Glockenschlag gewartet, um seine Tat zu vollbringen", spekulierte Hasenkrug mit einem Zwinkern. „Ein abendaktiver Dracula."

Büttner ignorierte diese Bemerkung. Ihm war nicht nach Späßen zumute. „Und wann wurde nun dieser Film aufgenommen?"

„Diese Videoaufnahme wurde ungefähr zehn Minuten vor dem Mord gemacht", antwortete Marieke. „Leider stoppt sie kurz nach dieser Sequenz, sodass wir keine Aufnahmen von der eigentlichen Tat haben."

„Auch nicht von einem anderen Fotografen?", hakte Büttner nach. „Kein weiteres Foto, kein weiteres Video, das uns Hinweise liefert?"

Marieke schüttelte den Kopf. „Nope. Bislang nicht."

„Hm." Büttner überlegte. „Dann machen wir mit unserem Hauptverdächtigen weiter, dem Ehemann. Konnte sein Alibi bestätigt werden?"

„Die Kollegen haben zwischenzeitlich mit Gerd Mischnick, Otto Lengen und Harald Buskohl gesprochen. Sie bestätigen, dass Hanno Göpel zur Tatzeit mit ihnen zusammen war. Ob es sich dabei um einen Gefallen unter Männern handelt oder ob es der Wahrheit entspricht, wissen wir natürlich nicht. Jedenfalls gibt es bislang niemanden, der ihn auf dem Weihnachtsmarkt gesehen haben will und sein Alibi widerlegen könnte."

„Was wissen wir sonst über die Göpels? Wer profitiert zum Beispiel vom Tod der Frau?"

„Sie meinen, ob es eine Lebensversicherung zu Göpels Gunsten gibt?"

„Zum Beispiel. Irgendein Motiv müsste er ja gehabt haben, seine Gattin umzubringen, anstatt sich ganz einfach von ihr scheiden zu lassen. Was ja ohne Zweifel der gängigere Weg gewesen wäre."

„Es sei denn, eine Scheidung wäre ihm zu teuer geworden", wandte Marieke ein. „Dass der Partnerin oder dem Partner in diesem Fall die Hälfte des nicht selten vom Mund abgesparten Eigenheims zusteht, hat schon so manchen Scheidungswilligen in die Verzweiflung getrieben. Vom Unterhalt für die studierenden Kinder mal ganz abgesehen. Mord ist da definitiv die kostengünstigere Lösung. Solange man sich nicht erwischen lässt, versteht sich."

„Wie stehen die Göpels denn finanziell da?", erkundigte sich Büttner.

„Keine Ahnung." Marieke zuckte mit den Schultern. „Noch haben wir keinen richterlichen Beschluss, um das überprüfen zu können."

Die Tür ging auf, und Mark Humboldt, der Leiter der Kriminaltechnik, trat ein. „Moin zusammen." Er hob den Becher an, den er in der rechten Hand hielt. Unter den linken Arm geklemmt trug er eine kleine Plastikbox. „Hab mir mal einen Kaffee geschnorrt."

„Sag bloß", knurrte Büttner, „das ist ja mal was ganz

Neues." Er deutete auf einen Stuhl, der seinem Schreibtisch gegenüberstand. „Setz dich, Mark! Ich nehme an, du bist nicht zum Kaffeeklatsch hier?"

„Da nimmst du richtig an, David." Humboldt kramte einen Plastikbeutel aus der Box. „Das hier ist die Tatwaffe. Eine sogenannte Infusionskanüle. Die Nadel hat eine Abmessung von 1,75 mal 51 Millimeter. Typischer Veterinärbedarf. Die möchte keiner von uns in der Vene stecken haben und noch viel weniger in der Halswirbelsäule. Es waren keine Fingerabdrücke darauf zu finden und leider auch keine brauchbare DNA. Auch konnten wir keinerlei Flüssigkeit in ihr nachweisen, dem Opfer wurde also definitiv nichts injiziert."

Büttner nickte. So stand es auch im Obduktionsbericht.

„Ich nehme an, es ist nicht schwierig, sich so eine Infusionskanüle zu beschaffen", vermutete Hasenkrug.

„Richtig. Die kann man problemlos online bestellen. Und natürlich haben wir uns auch schon in dem Geschäft schlaugemacht, in dem Göpel als Verkäufer arbeitet. Sie führen dort exakt dieses Produkt."

„Was Hanno Göpel zwar nicht unverdächtiger macht, aber als Beweislage gegen ihn dennoch ziemlich dünn ist", stellte Büttner fest. „Wenn wir dem Staatsanwalt damit kommen, wird er allenfalls ein müdes Lächeln für uns übrighaben, aber ganz bestimmt keinen Haftbefehl beantragen. Dafür braucht es schon ein bisschen mehr. Sonst noch was?"

Diesmal zog Humboldt ein Tablet aus der Kiste, wischte für ein paar Momente darauf herum und referierte dann: „Bei dem südländisch aussehenden Mann auf dem Foto handelt es sich laut Gesichtserkennung um einen gewissen Dayyan Khalil. Oder genauer: Doktor Dayyan Khalil. Syrischer Staatsbürger, seit elf Jahren wohnhaft in Deutschland, 34 Jahre alt, unverheiratet, keine Kinder. Noch nicht polizeilich in Erscheinung getreten."

„Ein Doktor?" Büttner schaute ihn überrascht an. „Was denn für einer?"

„Khalil ist Doktor der Naturwissenschaften, Fachgebiet Hydrogeologie. Ihr findet ihn auf der Homepage der Carl von Ossietzky Universität Oldenburg, wo er sich seit zwei Jahren habilitiert. Eines guten Tages wird er sich also Professor nennen dürfen, wenn's gut läuft."

Mariekes Finger flitzten bereits über die Tastatur ihres Laptops. „Ich schau mal, was ich über ihn finde."

„Vielleicht solltet ihr diesen Namen zunächst mal mit der Realität abgleichen, bevor ihr voreilige Schlüsse zieht", gab Humboldt zu bedenken. „So ein Computerprogramm kann auch mal irren."

„Marieke, finden Sie doch bitte heraus, ob sich dieser Doktor … äh …"

„Khalil", half Humboldt.

„Ja." Büttner zog die Stirn in Falten. Als wäre es nicht schon schwierig genug, sich deutsche, speziell ostfriesische Namen merken zu müssen. „Also, Marieke, finden Sie bitte gleich mal heraus, ob sich dieser Herr in den nächsten Stunden an der Uni Oldenburg aufhält, und auch, wo er wohnt. Falls er erreichbar ist, werden wir ihm noch heute einen Besuch abstatten."

„Wird gemacht, Chef." Marieke verschwand zur Tür hinaus.

„Tja, das war's dann auch vorerst schon von meiner Seite", erklärte Humboldt und stand auf. „Falls wir etwas Interessantes im sichergestellten Smartphone der Toten finden, gebe ich euch Bescheid." Bevor er die Tür hinter sich schloss, rief er über die Schulter zurück: „Ach ja, und haltet mich bitte auf dem Laufenden, ob wir den richtigen Mann im Visier haben. Es interessiert mich, wie gut unsere neue Gesichtserkennungssoftware wirklich arbeitet."

„Machen wir."

„Nachdem das geklärt ist, könnten wir uns jetzt mal Hanno Göpel vorknöpfen", schlug Hasenkrug vor.

„Um was von ihm zu erfahren?", fragte Büttner gedehnt.

„Zumindest würde ich gerne seine Reaktion sehen, wenn wir ihn mit der Tatsache konfrontieren, dass die Tatwaffe aus dem Laden kommt, in dem er arbeitet."

Büttner runzelte die Stirn. „Aber das wissen wir doch gar nicht."

„Stimmt. Aber er weiß nicht, dass wir es nicht wissen. Womöglich fällt er auf den Bluff rein und legt ein Geständnis ab."

„Er hat ein Alibi, Hasenkrug, und bislang hat niemand ausgesagt, ihn um die Tatzeit herum auf dem Weihnachtsmarkt gesehen zu haben. Also würde es wenig Sinn ergeben, schon jetzt unser Pulver zu verschießen. Mit der Kanüle können wir ihn immer noch konfrontieren, wenn mehr Verdachtsmomente gegen ihn vorliegen. Bislang wissen wir lediglich, dass er um seine Frau nicht übermäßig zu trauern scheint." Er schaute nachdenklich zum Fenster hinaus. „Wenn ich es mir recht überlege, dann machte Göpel schon beim Kegeln den Eindruck, dass die

Trennung vor allem seinem Ego einen Dämpfer versetzt hat. Kurz gesagt: Der Auszug seiner Frau hat ihn wütend gemacht, nicht traurig."

Frau Weniger steckte ihren Kopf zur Tür herein. „Mir wurde gerade gesagt, dass Herr Göpel nach seinem Anwalt verlangt, Chef. Er will telefonieren."

„Das kann er von zu Hause aus machen", antwortete Büttner.

„Das heißt, wir lassen ihn gehen?"

„Sein Anwalt hätte ihn unter den gegebenen Umständen sowieso innerhalb von fünf Minuten draußen. Da können wir ihn auch gleich laufen lassen. Wenn Sie das bitte veranlassen, Frau Weniger. Sagen Sie ihm aber, er soll sich zu unserer Verfügung halten. Danke."

Hasenkrugs Smartphone fiepte. „Eine Nachricht von Marieke", stellte er fest. „Doktor Khalil hat gerade mit einer Vorlesung begonnen, die insgesamt neunzig Minuten dauern wird. Danach ist er voraussichtlich in seinem Büro anzutreffen."

„Das passt", meinte Büttner. „Also machen wir uns jetzt auf den Weg nach Oldenburg."

6

Dr. Dayyan Khalil schien bei den Frauen gut anzukommen. Zumindest war er, als Büttner und Hasenkrug den Hörsaal der Carl von Ossietzky Universität betraten, von einer ganzen Traube junger Studentinnen umringt. Es wurde durcheinandergeredet, geflirtet und gelacht.

„Herr Doktor Khalil", rief Hasenkrug von oben in den Raum hinein, woraufhin der kurz in ihre Richtung schaute. Büttner machte ihm ein Zeichen, dass sie ihn zu sprechen wünschten.

„Okay, ich muss dann mal weiter", rief Khalil mit deutlich hörbarer Stimme gegen das Gequassel der Studentinnen an. Die Akustik des Saals war wirklich exzellent, denn er war bis in die letzte Sitzreihe zu hören. „Wir sehen uns dann nach den Weihnachtsferien, okay? Wer Fragen zu seiner Hausarbeit hat, kommt am besten in meine Sprechstunde. Aber auch das bitte erst im Januar."

Er sprach ein exzellentes Deutsch, wie Büttner feststellte. Mit Akzent zwar, aber weitgehend fehlerfrei. Auf der Fahrt hierher hatte er sich überlegt, ob die Vorlesung wohl in englischer Sprache gehalten würde, wie es viele Universitäten inzwischen anboten. Doch schien dies bei Khalil nicht der Fall zu sein, denn auch die Grafiken und

Notizen, die auf dem beinahe kinoleinwandgroßen Touchscreen zu sehen waren, waren auf Deutsch.

Die Studentinnen strebten dem Ausgang zu. Gleich
darauf verblasste auch das Bild auf dem Touchscreen, und
Dr. Khalil kam, einen Stapel Unterlagen und einen Laptop
unter dem Arm, auf sie zu.

„Sie sehen nicht so aus, als würden Sie hier studieren",
begrüßte er sie mit einem verschmitzten Lächeln.

„Womit Sie richtig liegen", erwiderte Büttner. „Wir sind
von der Kriminalpolizei." Er zog seinen Dienstausweis und
stellte sich und Hasenkrug vor.

„Ach so?" Der Mann schien darüber eher erstaunt als
erschrocken zu sein. „Und was kann ausgerechnet ich für
Sie tun?" Er winkte ihnen, ihm zu folgen. „Am besten
unterhalten wir uns in meinem Büro weiter. Dann kann
ich auch das ganze Zeug hier abladen, und meine Kollegin
kann den Hörsaal für die nächste Vorlesung vorbereiten."

Das Büro entpuppte sich als ein Raum von vielleicht
zwölf Quadratmetern Größe. Alles wirkte beengt und
ein wenig muffig. Was nicht zuletzt daran liegen mochte,
dass hier gefühlt jeder Quadratzentimeter mit Büchern,
Ordnern und Zeitschriften vollgestopft war.

„Das nennt man akademisches Chaos", sagte Khalil
lachend, als er Büttners kritischen Blick sah. „Ich weiß, ich
sollte mal aufräumen, aber ich komme einfach nicht dazu."

„Solange Sie noch das finden, was Sie brauchen, ist ja
alles in Ordnung", befand Hasenkrug.

„Ach ja, das geht schon." Khalil tippte sich an die Stirn.
„Ich bemühe mich, das Wissen, das ich brauche, im Kopf
zu haben." Er lachte erneut. „Das erspart mir auch das

ständige Suchen. Ich wäre verloren, wenn ich mich auf diese Unterlagen hier verlassen müsste. Ich denke, Sie verstehen, was ich meine."

Büttner gefiel der Mann. Er schien locker drauf zu sein und hatte ein sympathisches Auftreten. Außerdem war er mit seiner nicht besonders großen, aber sportlichen Statur, dem kantigen Gesicht, den dunklen Augen und dem zu einem Dutt aufgesteckten schwarzen Haar wohl das, was man landläufig als gutaussehend bezeichnete. Zumindest machte er in der Realität mehr her als auf dem Foto.

Khalil warf einen Blick auf sein Smartphone. „Ich muss in einer Stunde im Labor sein. Ich weiß nicht, wie es Ihnen geht, aber ich würde vorher ganz gerne einen Kaffee trinken und etwas essen. Hier am Institut gibt es eine kleine Cafete mit Snacks. Dort finden wir um diese Zeit bestimmt auch eine ruhige Ecke, in der wir uns unterhalten können." Er zwinkerte ihnen zu. „Ich bin schon ziemlich gespannt, was ausgerechnet die Kriminalpolizei zu mir führt."

„Shit", sagte Hasenkrug kaum hörbar, und sprach Büttner damit aus der Seele.

„Sind Sie einverstanden?", fragte Khalil.

Büttner nickte. „Definitiv. Wir folgen Ihnen." Am liebsten jedoch hätte er auf dem Absatz kehrtgemacht. Erstmals machte er sich Gedanken darüber, was es für diesen Mann bedeuten musste, ohne jeden stichhaltigen Hinweis, sondern nur aufgrund seines Aussehens als mutmaßlicher Mörder gebrandmarkt zu werden. Wie nur sollten sie ihm erklären, dass der Verdacht ausgerechnet auf ihn gefallen war, obwohl sich noch Dutzende weitere Personen im Umfeld des späteren Opfers aufgehalten hatten?

Hasenkrugs Gedankengang schien in eine ähnliche Richtung zu gehen, denn er schaute recht betreten drein, als sie den Dozenten nun in die Cafete begleiteten.

Mit einem Becher Kaffee und jeweils einem Snack ausgestattet, nahmen sie an einem Tisch Platz, der in der hinteren Ecke der Cafete stand. Außer ihnen war nur eine Handvoll Personen hier.

„In ungefähr einer halben Stunde wird hier die Hölle los sein", erklärte Khalil. „Dann fällt das ganze Institut zum Mittagessen in Mensa und Cafete ein. Ich mag es lieber ein wenig ruhiger." Er nahm einen Bissen von seinem mit Tomaten und Mozzarella belegten Baguette. „Nun erzählen Sie mal", sagte er, nachdem er den Bissen mit einem Schluck Kaffee hinuntergespült hatte, „wie kann ich Ihnen helfen? Geht es um einen meiner Studierenden oder so?"

„Ich … äh …" Büttner schaute hilflos zu Hasenkrug, der aber senkte den Blick und tat, als hätte er nichts mitbekommen. „Also … könnten Sie uns freundlicherweise mitteilen, wo Sie vorgestern Nachmittag waren?" Er hoffte, dass sein Gegenüber ihnen ein wasserdichtes Alibi fernab von Emden liefern würde. Vielleicht ein Kongress in Übersee, ein Seminar in Shanghai oder wenigstens eine Vorlesung mit mehreren Dutzend Zeugen hier in Oldenburg.

„Vorgestern?" Er überlegte kurz, dann nickte er mit einem Lächeln auf dem Gesicht. „Das war mein freier Nachmittag. Ich war mit Freunden auf dem Emder Weihnachtsmarkt. War ein guter Tag."

Mist!

„Es war ziemlich cool dort, ich mag Weihnachtsmärkte.

Wir haben echt Spaß gehabt." Seine Stirn umwölkte sich plötzlich. „Na ja, zumindest bis ..." Er hörte abrupt auf zu reden und starrte sie aus großen Augen an. „Ach so, klar, Kriminalpolizei. Sie sind deswegen hier, oder? Weil man diese Frau ... Oh, mein Gott. Shit." Etwas in seinem Gesichtsausdruck veränderte sich. Die Leichtigkeit, die er ausgestrahlt hatte, war plötzlich wie weggewischt, und in seine Augen trat ein Ausdruck von Traurigkeit und Schmerz. „Oh, bitte", stöhnte er, „nicht schon wieder." Er schob seinen Teller von sich, als wäre ihm plötzlich der Appetit vergangen.

„Schon wieder?", fragte Hasenkrug. „Was meinen Sie damit?"

„Was glauben Sie denn?", fragte Khalil mit ruhiger Stimme zurück, doch war ihm anzusehen, wie aufgewühlt er plötzlich war.

Büttner wusste genau, was der Wissenschaftler meinte, und er fühlte sich ganz elend. Auch ihm war nun der Appetit auf sein Brötchen vergangen, und er nippte nur peinlich berührt an seinem Kaffee. Ein Gespräch, das er erst kürzlich mit Jette geführt hatte, kam ihm in den Sinn. „Ständig werden sie irgendwo angepampt", hatte sie mit Tränen in den Augen von ihren türkischstämmigen Freunden erzählt. „Ganz egal wo, ob auf der Straße, im Bus, in der Bahn, beim Einkauf ... Dabei tun sie doch nichts anderes, als einfach nur da zu sein. Und jedes Mal, wenn es passiert, wenn man sie grundlos angeht, stirbt ein Stück ihrer Seele. Das kannst du in ihren Augen sehen. Sie haben niemandem etwas getan, Paps, niemandem! Woher kommt denn nur dieser ganze Hass?!"

Und nun? Saß er hier und tat genau dasselbe, bediente Vorurteile, ohne zuvor ausreichend darüber nachgedacht zu haben. Racial Profiling nannte man das auf Neudeutsch. Immer hatte er für sich in Anspruch genommen, dass er gegen ein solch selektives Vorgehen immun sei, dass er auf solche Methoden selbstverständlich niemals zurückgreifen würde. Und nun das.

Khalil strich sich über den Bart. „Ich sollte ihn abrasieren. Vielleicht wird es dann anders. Aber … vermutlich nicht." Er klang resigniert. „Ich … ich kannte diese Frau nicht", sagte er dann leise. „Ich kenne nicht einmal ihren Namen. Ich war gar nicht in ihrer Nähe, als es passierte. Wir waren am anderen Ende des Marktes und haben einen Glühwein getrunken, als wir plötzlich diesen fürchterlichen Schrei hörten. Fragen Sie meine Freunde, sie werden es bestätigen. Sie sind Deutsche. Kein Grund also, ihnen nicht zu glauben."

„Es … tut mir leid", sagte Büttner. „So war es nicht gemeint. Ganz bestimmt war es von uns so nicht gemeint. Es gab eine Zeugenaussage, und wir sind verpflichtet, ihr nachzugehen."

Khalil nickte. „Eine Zeugenaussage. Natürlich. Und woher kannte er oder sie meinen Namen?"

„Sie sind der Person nicht bekannt", erwiderte Büttner etwas hölzern. „Diese Person hat Sie lediglich kurz vor der Tat in der Nähe des späteren Opfers gesehen."

Hasenkrug kramte das Foto vom Engelkemarkt hervor und zeigte es ihm. Der Kopf des Opfers war mit rotem Filzstift umrahmt.

„Und die anderen rund dreißig Personen um die Frau

herum, haben Sie die auch alle an ihrem Arbeitsplatz aufgesucht und befragt?" Ohne eine Antwort abzuwarten, deren Inhalt er sowieso schon kannte, zog Khalil eine Visitenkarte aus der Innentasche seines Jacketts und legte sie auf den Tisch. „Dies sind meine Kontaktdaten. Damit Sie nicht wieder im Computer nachschauen müssen. Geben Sie mir Ihre Karte, und ich schicke Ihnen die Daten meiner Freunde." Nachdem er Büttners Karte eingesteckt hatte, stand er auf und lief ohne einen Gruß davon.

„Scheiße." Hasenkrug fuhr sich müde übers Gesicht. „Ich weiß nicht, wie es Ihnen geht, Chef, aber ich fühle mich hundsmiserabel. Zeugenaussage hin oder her, wir hätten zumindest reflektierter vorgehen und noch einige Dinge abklären sollen, bevor wir hier aufschlagen."

„Ja, das war weiß Gott kein Heldenstück", gab Büttner ihm recht. „Der Ordnung halber werden wir uns sein Alibi dennoch von seinen Freunden bestätigen lassen."

Hasenkrug verzog gequält das Gesicht. „Um uns noch ein halbes Dutzend weitere Anschisse abzuholen."

„Nicht ganz zu Unrecht, Hasenkrug, nicht ganz zu Unrecht. So, und nun lassen Sie uns zurück nach Emden fahren. Es gibt viel zu tun."

7

Sebastian Hasenkrug erledigte die Anrufe bei den Freunden Dayyan Khalils während der Rückfahrt nach Emden, nachdem er deren Telefonnummern in einer E-Mail von Khalil entdeckt hatte. „Besser, wir bringen es nun gleich hinter uns, bevor diese unangenehme Angelegenheit bei uns im Kommissariat größere Kreise zieht als unbedingt nötig."

Es waren insgesamt fünf Freunde, die mit dem Wissenschaftler auf dem Emder Weihnachtsmarkt gewesen waren, und sie alle bestätigten dessen Angaben. Leider kam es genauso, wie Hasenkrug befürchtet hatte: Kaum, dass er sein Anliegen formuliert hatte, bezeichneten vier dieser Zeugen wahlweise nicht nur ihn, sondern gleich die ganze Polizei als rassistisch, voreingenommen, ausländerfeindlich oder gar als eine Schande für den Rechtsstaat. Der Fünfte, ein Chirurg, enthielt sich dieser Einschätzung nach Bestätigung des Alibis vermutlich nur, weil er keine Zeit für ein minutenlanges Gespräch hatte, sondern im OP erwartet wurde. Allerdings beendete auch er das Telefonat nicht, ohne wie nebenbei noch eine sarkastische Spitze abzufeuern: „Mein Kollege ist Iraner. Hoffentlich geht das gut, wenn der ein Skalpell in die Hand nimmt."

„Puh", sagte Hasenkrug, als er alle Anrufe erledigt hatte, „da haben wir aber in ein Wespennest gestochen."

„Und dabei waren diese Zeugen nicht mal unfreundlich, sondern blieben weitgehend sachlich", konstatierte Büttner, der alle Gespräche mitgehört hatte.

„Ja", bestätigte Hasenkrug. „So sachlich, als müssten sie einem kleinen Kind die Regeln von Anstand und Moral erklären."

„Was sich fast noch schlimmer anfühlt, als hätten sie uns unflätig beschimpft. Aber nun gut, machen wir einen Haken dran. Leider lässt sich unser fehlgeleiteter Aktionismus ja nicht mehr rückgängig machen. Also konzentrieren wir uns jetzt auf die weiteren Ermittlungen."

Als Büttner und Hasenkrug im Kommissariat eintrafen, hatte Marieke bereits ein Foto auf den großen Monitor gespielt. „Ist gerade reingekommen", sagte sie. „Eine gewisse Helena Jürgens hat es per Mail geschickt."

„Mit der habe ich gerade telefoniert", erklärte Hasenkrug. „Sie gehört zu den Zeugen, die mit Dayyan Khalil auf dem Engelkemarkt waren."

„Ja, sie hat das Telefonat erwähnt." Marieke öffnete die Mail auf ihrem Tablet. „Im Wortlaut schreibt sie: ‚Damit Sie sich nicht noch weiterhin in sowohl rassistischen als auch unbegründeten Verdächtigungen ergehen müssen, anbei ein paar von mir aufgenommene Fotos vom Engelkemarkt mit jeweiliger Uhrzeit. Wie unschwer zu erkennen ist, war unser Freund Dayyan Khalil zur Tatzeit ohne Unterbrechung mit uns zusammen.'" Sie legte das Tablet beiseite. „Kam wohl nicht so gut an, euer Besuch an der Uni, he?"

„Es war ein Desaster", knurrte Büttner. „Mehr möchte ich dazu nicht sagen."

Marieke klickte sich nun durch die Fotos. Sie alle zeigten eine Gruppe von fünf gut gelaunten Personen unterschiedlichen Alters, die, mal mit Glühwein anstoßend, mal Grimassen schneidend, in die Kamera schauten. Lediglich auf dem letzten Foto schien die fünf Freunde irgendetwas abzulenken, denn nun schauten sie wie auf Kommando und sichtlich irritiert in eine bestimmte Richtung.

Marieke deutete mit dem Laserpointer auf ein paar rote Ziffern. „Wie unschwer zu erkennen ist, stimmt die eingeblendete Uhrzeit auf diesem Bild mit der von den Zeugen genannten Tatzeit überein. Außerdem habe ich mal überprüft, wo genau sie standen und wohin sie von dort aus schauen. Ziemlich genau in Richtung der Tanne, die laut Plan des Weihnachtsmarkts etwa zwanzig Meter von ihnen entfernt ist. Khalil scheidet als Täter also definitiv aus."

Büttner und Hasenkrug nickten stumm.

„Aaaaber ...", sprach Marieke direkt weiter und zog das Wort ungewöhnlich lang, „ich bin da zwischenzeitlich auf etwas gestoßen, das euch bestimmt wieder munterer stimmt." Auf dem Monitor erschien eine weitere Datei.

„Ein Kontoauszug", stellte Hasenkrug fest. „Von wem?"

„Jutta Göpel."

„Das heißt, der Richter hat die Erlaubnis zur Einsicht der Bankdaten gegeben?"

„So sieht's aus. Und die Bank hat nicht gezögert, sie zu schicken. Vermutlich, weil auch sie einen möglichen Zusammenhang zum Tötungsdelikt erkannt haben."

Jetzt hatte sie Büttners volle Aufmerksamkeit. „Die Bankdaten lassen auf ein Motiv schließen?"

Marieke zoomte einen Ausschnitt des Kontoausschnitts heran, und ihre beiden Kollegen pfiffen durch die Zähne. „Es wurden fünfhunderttausend Euro auf ihr Konto überwiesen?", wunderte sich Büttner.

„Ja. Und zwar genau zwei Tage bevor Jutta Göpel ihren Mann verlassen hat."

„Von wem kam die Überweisung?"

„Es ist ein Lottogewinn."

„Die gibt es also wirklich", murmelte Büttner, der schon seit Jahrzehnten regelmäßig spielte und noch nie etwas gewonnen hatte.

„Wenn Hanno Göpel davon gewusst hat und seine Frau aufgrund der Vorkommnisse oder aus einer anderen Motivation heraus den Gewinn nicht mit ihm teilen wollte, könnte er einen gewissen Rachedurst verspürt haben", überlegte Hasenkrug.

„Und da er gleichzeitig der Erbe seiner Frau ist, könnte jetzt er den Gewinn verprassen", ergänzte Büttner. „Nicht ausgeschlossen auch, dass seine Freunde ihm ein Alibi geben, weil er ihnen einen Anteil am Gewinn versprochen hat. Ein guter Grund, ihm noch mal auf den Zahn zu fühlen."

„Was?!" Hanno Göpel betrachtete den Kontoauszug, den Hasenkrug ihm via Tablet vor die Nase hielt, mit weit aufgerissenen Augen. „Jutta hat eine halbe Million Tacken im Lotto gewonnen?! Wow, das ist ja …!"

„… ein lukrativer Grund, sie zu töten?", fiel Büttner ihm provokant ins Wort.

„Was?" Hanno Göpel schien Mühe zu haben, seinen Blick vom Kontoauszug seiner Frau abzuwenden. „N-nein." Als sich Büttners Worte in seinem Hirn zusammengesetzt hatten, fuchtelte er mit den Armen in der Luft herum. „Oh mein Gott, nein, ich habe Jutta nicht umgebracht. Nun fangen Sie doch nicht schon wieder damit an!"

„Ihre Frau hat ihre Chance erkannt und sich gleich nach Erhalt des Geldes auf und davon gemacht", sagte Hasenkrug. „Vermutlich hat sie Ihnen gesagt, dass Sie, da Sie sich Ihrer Geliebten Leonie zugewandt hatten, nicht einen müden Cent davon sehen würden." Er lehnte sich im Sessel zurück und schlug die Beine übereinander. „Es wurden Leute schon für weniger Geld umgebracht."

Hanno Göpel, dessen Hände nun vor Aufregung zitterten, legte den Kopf in den Nacken und rief: „Herrgott, wie oft denn noch? Ich habe Jutta nicht umgebracht. Ich habe sie nicht mehr so geliebt wie früher, ja. Aber deswegen bringe ich sie doch nicht gleich um!"

„Deswegen nicht, nein. Aber eine halbe Million Euro …"

„Nein, verdammt!" Hanno Göpel wurde laut. „Ich habe von diesem Lottogewinn nichts gewusst, okay? Diese durchtriebene Bitch hat mir kein Wort davon gesagt. Kein Sterbenswörtchen." Er schnaubte. „Aber jetzt wird mir natürlich klar, warum sie sich so plötzlich aus dem Staub gemacht hat. Ja, nun wird mir einiges klar."

„Noch mal, Herr Göpel", meinte Büttner, „dieser Lottogewinn, von dem Sie angeblich nichts wussten …"

„Von dem ich ganz sicher nichts wusste."

„Nun, das werden wir schon noch herausbekommen. Der Gewinn jedenfalls rückt den Mord an Ihrer Frau in ein ganz neues Licht. Sie sollten sich gut überlegen, ob Sie nicht endlich mit der Wahrheit herausrücken wollen. Die Luft wird dünn für Sie, Herr Göpel, sehr dünn. Würden Sie sich zu einer Kooperation mit uns entschließen, würde dies dem Haftrichter sicherlich Freude bereiten. Was, sollte es zum Prozess kommen, nur zu Ihrem Nutzen sein kann."

Für einen Augenblick wirkte Göpel verunsichert. „Es wird zu keinem Prozess kommen", sagte er, hörbar um Sicherheit in der Stimme bemüht, „weil ich mir nämlich nichts vorzuwerfen habe." Er deutete aufs Fenster, vor dem es bereits dunkel war. „Während Sie mit mir wertvolle Zeit verschwenden, Herr Kommissar, läuft der Mörder meiner Frau dort draußen frei herum. Nicht besonders professionell, oder was meinen Sie?"

„Wer hätte denn Ihrer Meinung nach noch ein Motiv, Ihre Frau umzubringen?", fragte Hasenkrug. „Bislang haben wir dazu noch nichts von Ihnen gehört. Deshalb an dieser Stelle ein Tipp: Wenn Sie einen begründeten Verdacht haben, dann teilen Sie ihn uns am besten mit. Es könnte sein, dass sich unser Fokus dann in eine andere Richtung verschiebt."

Hanno Göpel fuhr sich mit den Händen übers Gesicht, dann schüttelte er den Kopf und seufzte resigniert. „Glauben Sie wirklich, dass ich, wenn ich einen Verdacht hätte, Ihnen nicht längst einen Namen genannt hätte? Denken Sie denn, es macht mir Spaß, ständig in Ihrer Schusslinie zu stehen, obwohl ich mir keiner Schuld bewusst bin? Ganz abgesehen davon, dass Sie ständig mein Alibi ignorieren. Sie müssen ja ziemlich verzweifelt sein, dass Sie trotz allem immer noch an mir festhalten."

„Gibt es irgendjemanden, dem Sie den Mord an Ihrer Frau zutrauen würden?", ließ Hasenkrug nicht locker.

Göpel funkelte ihn böse an. „Sagen Sie mal, hören Sie mir überhaupt zu?" Er sprang von seinem Sessel auf und deutete auf die Tür. „Gehen Sie jetzt einfach. Ich habe Ihnen nichts mehr zu sagen."

Es roch ganz köstlich nach Essen, als Büttner an diesem Abend nach Hause kam. Doch diesmal stand nicht Susanne, sondern Kai am Herd. „Jette hatte Lust auf was Asiatisches", verkündete er, als Büttner ihn erstaunt ansah, und deutete auf den Wok, der, gefüllt mit allerhand Gemüse, vor ihm stand.

„Das Ding habe ich noch nie hier gesehen", stellte Büttner fest.

„Nee, den haben wir mitgebracht. Jette hat darauf bestanden, weil sie und unser Kind in letzter Zeit öfter mal Heißhungerattacken auf asiatische Küche haben. Tja, und was soll ich sagen, heute ist es wieder soweit. Also hat Susanne mir das Zepter übergeben, und ich gebe mein Bestes." Er zwinkerte Jette zu. „Obwohl man natürlich nie weiß, ob Jette überhaupt noch Lust auf gebratene Nudeln hat, wenn das Gericht fertig ist. Ihre Vorlieben ändern sich quasi im Minutentakt."

Jette, die am Küchentisch saß, warf ihm eine Kusshand zu. „Beim nächsten Kind wird's einfacher, Schatz. Für uns beide. Dann wissen wir wenigstens schon, was auf uns zukommt, und sind auf alles perfekt vorbereitet."

Susanne lachte und legte ihre Hand auf Jettes Bauch. „Bevor ihr vom nächsten Kind sprecht, seht erst mal zu, dass ihr das erste gut auf die Welt bringt und … Oh,

David", unterbrach sie sich selbst, „komm mal her, schnell!"

Büttner sah sie besorgt an, denn seine Frau klang plötzlich aufgeregt. „Ist irgendwas nicht in Ordnung?"

„Frag nicht, David, sondern komm einfach her!"

Sobald er neben ihr stand, nahm Susanne seine Hand und legte sie auf den Bauch seiner Tochter. Kaum, dass sie dort lag, spürte auch er die sanften Tritte, mit denen das Kind die Bauchdecke seiner Mutter ausbeulte. Oder waren es Fausthiebe? „Oh, mein Gott!" Vor lauter Rührung traten ihm Tränen in die Augen. „Das ist ja … es … also das Baby … Es ist ja wirklich ganz schön temperamentvoll."

„Schon bald können wir es in unseren Armen halten, David." Susannes Stimme klang mindestens so belegt wie seine.

Büttner wollte gerade etwas erwidern, als Kai, der nebenbei eine Nachricht auf seinem Smartphone gecheckt hatte, zu Jette sagte: „Nora hat mich angefunkt. Guck doch mal schnell auf Instagram. Oder auf Facebook. Egal. Anscheinend …"

„Wer ist Nora?", fragten Büttner und Susanne gleichzeitig.

„Eine Freundin von uns." Während Kai das fertige Gericht auf vier Teller verteilte, nahm Jette ihr Smartphone in die Hand und schlug sich gleich darauf die Hand vor den Mund. „Oh, fuck!", entfuhr es ihr. Dann hielt sie ihrem Vater das Display hin. „Sag bitte, dass du damit nichts zu tun hast, Paps!"

Noch bevor Büttner überhaupt einen Blick darauf werfen konnte, meldete sich sein eigenes Smartphone mit einem schrillen Läuten. „Chef", hörten nicht nur er, sondern alle im Raum im nächsten Moment Mariekes Stimme, weil aus irgendeinem Grund der Lautsprecher seines Geräts eingeschaltet war. „Ich will Ihnen ja keine Angst machen, aber die Sache ist auf Social Media gelandet und könnte sich dort, wenn's richtig blöd läuft, zu einem Shitstorm auswachsen. Wir sollten uns überlegen, wie wir das Ding wieder einfangen, bevor es soweit ist!"

„Welche Sache denn?", fragte Büttner irritiert, während er vergeblich versuchte, sein Handy stummzuschalten. „Und was genau meinen Sie mit Shitstorm? Und welches Ding sollen wir wieder einfangen? Nun drücken Sie sich doch mal deutlich aus, Marieke!"

„Sagt dir der Name Dayyan Khalil etwas, Paps?", fragte Jette, während man Marieke am anderen Ende vor sich hin fluchen hörte. „Bist du der zuständige Emder Kriminalhauptkommissar, von dem hier im Zusammenhang mit Racial Profiling die Rede ist?"

„Ich ruf gleich zurück, Marieke." Er drückte das Gespräch weg. „Bring's mir bitte schonend bei, Jette", forderte er seine Tochter auf. „Was genau steht da, dass ihr alle so alarmiert tut?"

„Wir tun nicht alarmiert, David, wir sind es", murmelte Kai, der nun ebenfalls auf seinem Smartphone daddelte. „Krass. Da könnte wirklich jede Menge Shit auf dich zukommen, fürchte ich."

Jette zitierte, was bislang auf Instagram zu lesen war, und für Büttner fühlte sich jeder einzelne Satz an wie ein Schlag in die Magengrube. Zwar wusste er noch nicht, was das alles zu bedeuten hatte, aber es hörte sich nach einem verdammt unangenehmen Problem an.

Er schaute bedauernd auf seinen dampfenden Teller. „Ihr entschuldigt mich, aber ich glaube, ich muss mich mal kümmern." Er nahm sein Smartphone in die Hand und verließ, die vorwurfsvollen Blicke seiner Familie im Rücken spürend, die Küche.

8

Als David Büttner am Morgen ins Kommissariat kam, wäre er an der Eingangstür beinahe mit einem Weihnachtsmann kollidiert, der ihm entgegengetorkelt kam. Der Mann im roten Kostüm, dessen künstlicher Bart unter seinem Kinn auf halb acht hing, schwang eine goldene Glocke in der Hand und rief ein ums andere Mal: „Fröhliche Weihnachten, ihr Dumpfbacken! Fröhliche Weihnachten, ihr Dumpfbacken!"

„Moin, Herr Gerdes", begrüßte Büttner den Portier, der in seiner Loge saß und ihm mit sorgenvoller Miene entgegensah. „Nun sagen Sie bloß, die Bescherung ist schon gelaufen und ich hab nichts abbekommen."

Gerdes machte eine wegwerfende Handbewegung. „Ach, der. Nee, der hat sich gestern nur selbst beschert. Mit einer Nacht in der Ausnüchterungszelle nämlich." Er räusperte sich und tippte auf die Ostfriesen Zeitung, die vor ihm lag und dessen Headline an diesem Tag *Racial Profiling bei der Emder Kriminalpolizei?* lautete. Büttner war, als er am Morgen die Zeitung aus dem heimischen Briefkasten holte, froh gewesen, wenigstens das Fragezeichen zu sehen. Erleichtert hatte er noch am späteren Abend den Anruf der Zeitung entgegengenommen, die ihn darum bat, zu den Vorwürfen Stellung zu beziehen. So hatte er einiges, was den Redakteuren zwischenzeitlich an Hetze und Übertreibungen zu Ohren gekommen war, noch vor der Veröffentlichung richtigstellen können.

„Ich würd mal sagen, das ist 'ne unangenehme Sache", fuhr Gerdes fort. „Nur gut, dass der Syrer inzwischen die schlimmsten Vorwürfe entkräftet hat. Hätte für Sie auch schlimmer ausgehen können, Herr Hauptkommissar. Man weiß ja, wie so was heute im Internet läuft. Da jagense dich wegen irgend 'ner banalen Sache einmal durch den Schleudergang, und wenn du völlig zerrupft wieder rauskommst, kannste dich nirgends mehr blicken lassen. Ganz egal, ob du dir was vorzuwerfen hast oder nicht."

Büttner nickte. „Ja, so ist es wohl. Und ich bin Herrn Khalil wirklich dankbar, dass er bemüht war, die Sache noch rechtzeitig einzufangen." Tatsächlich hatte ihn auch der Wissenschaftler am Abend angerufen und glaubwürdig beteuert, dass er von der Aktion, die eine seiner Freundinnen auf Social Media gestartet hatte, nichts gewusst habe. Er habe mit ihr gesprochen und sie gebeten, in dieser Angelegenheit kein Fass aufzumachen. „Letztlich ist es doch so, dass es in einem solchen Fall immer nur Verlierer gibt", hatte Khalil gesagt. „Und ich kann wirklich gut darauf verzichten, im Zentrum der medialen Aufmerksamkeit zu stehen. Also hoffe ich, dass die Sache erledigt ist, bevor sie zur Lawine wird und uns alle unter sich begräbt. Das werden wir spätestens morgen wissen."

Büttner wünschte dem Portier einen schönen Tag und machte sich auf den Weg in sein Büro. Er nahm an, dass Marieke und Hasenkrug schon an ihrem Platz und in Sachen soziale Medien auf dem neuesten Stand waren.

Bei Marieke hielt er es nicht mal für ausgeschlossen, dass sie in der Nacht kein Auge zugetan und die Sache genauestens im Blick behalten hatte. Er selbst hatte ebenfalls keine besonders gute Nacht gehabt und sich ständig die Frage gestellt, wie es überhaupt zu diesem beschämenden Einsatz in Oldenburg hatte kommen können. Schließlich hatte er selbst doch noch kurz vor dieser Aktion herumposaunt, dass er die rassistischen Anfeindungen, die Foelke Schmitz von sich gegeben hatte, nicht dulden könne. Und dann das.

„Aber hättet ihr nicht das Gleiche getan, wenn die Zeugin eine deutsche Person auf dem Foto als potenziellen Täter ausgemacht hätte?", hatte Susanne ihn beim Zubettgehen gefragt und ihn damit noch mal mehr ins Nachdenken gebracht. Hätten sie? Ohne dass irgendein Beweis oder auch nur ein stichhaltiges Indiz vorgelegen hätte? Oder hätten sie diese Aussage dann lediglich zur Kenntnis genommen und ihr keinen besonderen Wert beigemessen?

Er wusste es nicht. Und letztlich war es auch egal, denn das Kind war nun mal in den Brunnen gefallen. Wichtig war nur, dass es sich zukünftig nicht wiederholte – und dass von dem Shitstorm, der sich am Abend in den sozialen Medien aufzublähen drohte, allenfalls ein laues Lüftchen übriggeblieben oder sogar ganz eingeschlafen war. Nun, er würde es gleich erfahren.

„Moin, Chef. Keine schöne Sache das", wurde er von einer betreten dreinschauenden Frau Weniger begrüßt. Was nichts Gutes verhieß, wie er fand, aber er fragte nicht nach, sondern nickte lediglich. „Sind Hasenkrug und Marieke schon da?"

Die Sekretärin machte eine Kopfbewegung zu seinem Büro hin. „Ja, sie sind da drin. Ich bringe Ihnen gleich Kaffee."

„Danke." Er trat ein. „Moin", begrüßte er seine Kollegen.

„Moin." Auf seinen besorgten Blick hin lächelte Marieke ihn beruhigend an. „Sie können aufatmen, Chef. Das Bashing gegen unser Team schlägt nur noch eine kleine Welle im Netz. Nicht mehr lang, und es hat sich ausgeplätschert. Gott sei Dank gibt es genügend Dinge, über die sich die Deutschen gerade mehr empören als über diesen Vorfall."

„Was uns nicht dazu berechtigt, die Sache kleinzureden."

„Natürlich nicht. Die ganze Aktion war, im Nachhinein gesehen, echt cringe."

„Beschämend", übersetzte Hasenkrug das englische Modewort auf Büttners fragenden Blick hin.

„Darauf können wir uns einigen, ja."

Frau Weniger kam rein, stellte drei dampfende Becher neben Marieke auf den Besprechungstisch und verschwand dann gleich wieder zur Tür hinaus. Büttner nahm sich einen der Becher und setzte sich an seinen Schreibtisch. Nach einem ersten Schluck fragte er: „Gibt es irgendwas, was dazu angetan ist, uns aufzumuntern? Ein Geständnis zum Beispiel?"

Hasenkrug schüttelte den Kopf. „Leider nein. Bisher scheint unser Hauptverdächtiger Hanno Göpel seine Meinung nicht geändert zu haben. Zumindest hat er es uns noch nicht mitgeteilt."

„Er ist der einzige Verdächtige, den wir noch haben", sagte Büttner mit einem gewissen Bedauern in der Stimme.

„Nur noch drei Tage bis zum Heiligabend und keine Verhaftung in Sicht."

„Dann schauen wir uns doch einfach das Standbild noch mal an, das wir aus dem Video extrahiert haben", schlug Marieke vor, und schon erschien es auf dem Monitor. „Es ist nicht unwahrscheinlich, dass irgendwer von den abgebildeten Personen tatsächlich unser Mörder ist. Schließlich wurde diese Aufnahme wenige Minuten vor dem Mord gemacht. Wenn sich der Täter nicht schon zu diesem Zeitpunkt in der Nähe unseres Opfers aufgehalten hat, hätte er in dem Gedränge kaum eine Chance gehabt, innerhalb kürzerer Zeit bis zu ihr vorzudringen." Sie zog den Ausschnitt rund um Jutta Göpel größer.

„Ist denn sonst kein Foto mehr eingegangen?", erkundigte sich Büttner. „Eines, das zeitlich noch näher an dem Mord ist?"

„Nein. Leider nicht", antwortete Marieke. „Die nächsten Fotos, die wir haben, zeigen Jutta Göpel schon am Boden liegend, aufgenommen von gleich mehreren Handykameras aus den unterschiedlichsten Perspektiven. Von den Leuten, die um das Opfer herumstehen, sind meistens nur die Beine zu erkennen, weil die Fotografierenden anscheinend ausschließlich Interesse an einer möglichst fokussierten Aufnahme des Leichnams hatten."

„Nun, dazu sag ich jetzt mal nichts." Büttner stellte sich neben seine Kollegen vor den Bildschirm. „Dann lassen Sie uns mal schauen, ob wenigstens auf dieser Aufnahme nicht doch einer von denen verdächtig guckt. Oder was auch immer. Ich weiß wirklich nicht, anhand welcher Kriterien wir die uns völlig unbekannten Menschen …"

„Nicht alle", fiel Hasenkrug ihm ins Wort.

„Was?"

Hasenkrug bat Marieke, ihm den Laserpointer zu geben. Gleich darauf kam der rote Punkt direkt auf der Stirn einer Person zum Stillstand. „Erkennen Sie diese Frau, Chef?"

Büttner trat noch näher an den Monitor heran und kniff die Augen zu schmalen Schlitzen zusammen. „Ist das nicht ... unsere Zuckerbäckerin?"

Hasenkrug nickte. „Foelke Schmitz. Ich war mir nicht ganz sicher, aber da Sie sie jetzt auch erkennen ..."

„Weniger an ihrem Gesicht, das ja nun wirklich nicht besonders gut zu sehen ist, als an der Mütze."

Marieke war nicht überzeugt. „Sie trägt eine Weihnachtsmannmütze, wie ein halbes Dutzend andere auf dem Bild auch."

„Das ist richtig, ja. Aber ich erinnere mich an eine Besonderheit."

„Nämlich?"

Nun nahm Büttner den Laserpointer in die Hand. „Sehen Sie die hier?" Der rote Punkt des Lasers hielt sich an der weißen Krempe der Mütze auf, und Marieke und Hasenkrug beugten sich vor.

„Ist das ein Button?", fragte Hasenkrug.

Büttner nickte bestätigend. „Ja. Er fiel mir auf, als wir bei ihr waren. Zunächst dachte ich, der abgebildete Pfeil wäre das Logo eines bekannten Sportartikelherstellers. Dann aber ging mir auf, dass es das Logo einer, sagen wir mal, eher nicht demokratisch ausgerichteten politischen Partei ist."

„Ist mir gar nicht aufgefallen, als wir bei ihr waren",

murmelte Hasenkrug. „Kann mich an keinen Button erinnern."

Marieke schaute Büttner vorwurfsvoll an. „Wenn Foelke Schmitz tatsächlich diesen Button trägt, hätten Sie ihre Anschuldigung gegen Dayyan Khalil aber erst recht mit einer gewissen Skepsis betrachten müssen. Ich meine, wenn sie tatsächlich mit dieser Partei sympathisiert, dann schiebt sie den Ausländern doch sowieso an allem die Schuld in die Schuhe, was ihrer Meinung nach in diesem Land und speziell in ihrem Leben schiefgeht, vom eingewachsenen Fußnagel, über die teure Butter bis hin zu … na ja, Mord eben."

Damit hatte Marieke genau das in Worte gefasst, was auch er selbst gerade gedacht und was sein schlechtes Gewissen einmal mehr angefacht hatte. Eine solche gedankliche Verknüpfung hätte auf der Hand gelegen. Sehr bedauerlich also, dass er diesen Hinweis, den man ihm buchstäblich vor Augen führte, ignoriert hatte.

„Nun wissen wir, dass sich Foelke Schmitz kurz vor dem Mord in der Nähe unseres Opfers aufgehalten hat", stellte Hasenkrug fest. „Was noch lange kein Beweis dafür ist, dass sie Jutta Göpel umgebracht hat. Bevor wir sie erneut behelligen, sollten wir zumindest wissen, welches Motiv sie gehabt haben könnte, diesen Mord zu verüben." Er schaute auf die Uhr. „Apropos behelligen. Sollte sie nicht eigentlich längst hier sein? Wir hatten sie doch für heute einbestellt."

„Was sie erneut zu ignorieren scheint", stellte Marieke schulterzuckend fest, um dann an Hasenkrugs vorherige Bemerkung anzuknüpfen: „Wissen wir denn, ob sie das Opfer überhaupt gekannt hat? Was mich angeht, so habe ich lediglich recherchiert, ob sie polizeilich schon mal in Erscheinung getreten ist. Was nicht der Fall ist, aber das hatte ich euch ja schon mitgeteilt."

„Ich weiß zwar nicht mehr genau, was sie … hm … irgendwas mit Freundin." Hasenkrug nahm seinen Block zur Hand und blätterte in seinen Notizen, konnte aber anscheinend nicht finden, wonach er suchte, sondern schüttelte nach einer Weile lediglich den Kopf. „Freundin, Freundin, Freundin", murmelte er vor sich hin und starrte dabei an die Decke. Schließlich schnippte er mit den Fingern. „Na klar", rief er aus, „vielleicht erinnern Sie sich, Chef! Als wir bei ihr am Verkaufswagen ankamen, hat sie irgendwas gesagt wie, dass Birgit Buskohl, die wir an der Tanne trafen, um ihre Freundin trauert."

„Ja, und?" Büttner war nicht klar, worauf sein Kollege hinauswollte.

„Es ist vielleicht ein wenig spitzfindig, aber woher wusste sie, dass Birgit Buskohl und Jutta Göpel befreundet waren und nicht zum Beispiel … Schwestern oder Kusinen oder was auch immer?"

„Dafür kann es tausend Gründe geben", meinte Büttner. „Schließlich ist Emden keine Großstadt, in der alle anonym nebeneinander her leben. Der alles entscheidende Hinweis scheint mir das eher nicht zu sein." Er nahm diese Anmerkungen dennoch zum Anlass, Marieke intensivere Recherchen zum sozialen Umfeld von Foelke Schmitz anstellen zu lassen. War sie parteipolitisch aktiv? War sie bereits als radikal aufgefallen? Hatte sie einen Social-Media-Account, über den sie ihre Anschauungen verbreitete?

„Treffer", verkündete Marieke nur wenig später. Ein neues

Bild erschien auf dem Monitor. Es war der Ausschnitt eines Facebook-Profils und zeigte fünf Frauen mit Papphütchen auf dem Kopf und Luftschlangen um den Hals in feucht-fröhlicher Runde. Über ihren Köpfen prangte eine Happy-Birthday-Girlande und eine 60 an der Wand. Offenbar hatten sie zusammen einen runden Geburtstag gefeiert. „Die Ladys kennen sich, und zwar nicht nur Jutta Göpel und Foelke Schmitz, sondern auch die anderen drei. Sprich Birgit Buskohl, Heike Mischnick und Imke Lengen."

„Das ist ja immerhin schon mal was", erwiderte Büttner. „Nach einem Motiv aber sieht auch das nicht aus." Er ging ins Vorzimmer, um seinen Becher mit Kaffee aufzufüllen.

„Ach guck", sagte Marieke gerade, als er zurückkam. Sie strahlte. „Ich liebe es, wenn die Leute ihr ganzes Leben in den sozialen Medien ausbreiten. In Fällen wie diesen tun sie den Ermittlern damit einen Riesengefallen."

„Der wie genau aussieht?", erkundigte sich Büttner.

„Wenn Foelke Schmitz nicht gerade auf dem Engelkemarkt Quarkbällchen frittiert, arbeitet sie als Reinigungskraft in einer Tierarztpraxis."

„Was ihr den Zugang zu Infusionskanülen ungemein erleichtern dürfte", schloss Büttner. „Sehr gute Arbeit, Marieke. Schicken Sie uns alle relevanten Bilder bitte auf unsere Handys." Büttner nippte an seinem heißen Kaffee, stellte den Becher dann aber auf seinem Schreibtisch ab. „Schade drum, aber was sein muss, muss sein. Kommen Sie, Hasenkrug! Es schlägt erneut die Stunde von Quark-bällchen und Zuckerwatte."

9

„Apropos wem die Stunde schlägt", bemerkte Sebastian Hasenkrug mit einem verschmitzten Grinsen, als das Glockenspiel vom Rathaus pünktlich zur vollen Uhrzeit *Alle Jahre wieder* zu spielen begann.

„Das Glockenspiel scheint es Ihnen irgendwie angetan zu haben", stellte Büttner fest. „Darf ich fragen, woher diese Begeisterung kommt?"

„Ich erfreue mich einfach daran. Ist eine wirklich schöne Idee, finden Sie nicht? Es macht alles so weihnachtlich. Als mein Sohn Silas kleiner war, strahlte er wie ein Christbaumengel, wenn es zu spielen begann, und er dirigierte das unsichtbare Orchester, bis es wieder verstummte. War nett."

Büttner ließ das einfach mal so stehen. Nicht zuletzt, weil er Foelke Schmitz entdeckte, die mit einem nassen Lappen über die gläserne Auslage ihres Verkaufswagens wischte. „Immer tatschen die mit ihren fettigen Händen auf der Vitrine rum", rief sie ihrem Nachbarn zu, der an seiner hölzernen Bude den Nachschub an adventlichen Holzschnitzereien arrangierte.

„Für das Geld, das du ihnen für dein klebriges Zeug abnimmst, steht ihnen das auch zu", lautete die mürrische Antwort. „Möchte wirklich mal wissen, warum ausgerechnet du immer was zu jammern hast. Ist doch 'ne Goldgrube, dein Laden."

Büttner bedeutete Hasenkrug, hinter eine der Buden zu treten, sodass sie von Foelke Schmitz nicht gesehen wurden.

„Mal sehen, wie der Dialog weitergeht", wisperte Hasenkrug. „Ich könnte wetten, dass sie jetzt ihr blaubraungefärbtes Halbwissen zu der angeblich so miserablen wirtschaftlichen Situation unseres Landes zum Besten gibt."

Er sollte Recht behalten. Foelke Schmitz stemmte ihre Hände in die Hüften, wodurch der nasse Lappen sekündlich größer werdende Spuren an Hose und Schürze hinterließ, was sie allerdings nicht zu bemerken schien. „Na, du hast ja auch gut reden", plärrte sie ihren Standnachbarn an. „Du verkaufst hier einfach nur deinen kitschigen Ökokrempel. Ich aber muss den ganzen Tag meine Geräte laufen lassen. Hast du eigentlich 'ne Ahnung, was mich das an Strom kostet?! Jetzt, wo die Preise dank unserer unfähigen Regierung so hoch sind wie noch nie!"

„Wenn du schon mitreden willst, Foelke, dann informier dich wenigstens richtig und lies nicht nur das Schundblatt, das den ganzen Tag nur Lügen und Hetze verbreitet. Dann wüsstest du nämlich, dass der Strompreis zurzeit so niedrig ist wie seit drei Jahren nicht mehr. Aber das kriegst du in deinem indoktrinierten Hirn natürlich nicht zusammen. Hauptsache, du kannst jemand anderem die Schuld daran geben, dass du dein Leben nicht auf die Reihe kriegst."

„Also, das ist ja jetzt …!" Die Frau schnappte empört nach Luft. „Als hättest du auch nur die geringste Ahnung, was in meinem Leben …"

„Moin, Frau Schmitz." Büttner hatte genug gehört und trat hinter der Bude hervor. „Wir platzen wirklich nur ungern in dieses aufschlussreiche Gespräch, aber ..." Er stutzte, als nun sowohl sein als auch Hasenkrugs Handy eine Nachricht ankündigten. Er las: *Hoffe, noch nicht bei FS. Infos zu Lottogewinn per Mail. Mordmotiv? Vielleicht zuerst Gespräch mit BB.*

„Mit Brigitte Bardot wollte ich schon immer mal sprechen", witzelte Hasenkrug. „Aber ich schätze, sie meint Birgit Buskohl."

„Was is 'n nu?", plärrte Foelke Schmitz. „Wollen Sie nun was von mir oder nicht? Ich hab im Gegensatz zu euch Beamten keine Zeit zu verplempern. Mein Verdienst kommt nämlich nicht von selbst aufs Konto. Ich muss da was für tun."

„Ich schlage vor, wir checken erst mal die Mail, die Marieke geschickt hat", meinte Hasenkrug.

„Schon gut, Frau Schmitz, hat sich vorerst erledigt!", rief Büttner zum Stand hinüber und ignorierte das wütende Gebrabbel, das die Standbetreiberin daraufhin von sich gab. Wenn es tatsächlich, wie Marieke andeutete, neue Hinweise auf ein mögliches Mordmotiv gab, dann hatte dies Vorrang.

„Offenbar eine inoffizielle Tippgemeinschaft", stellte Hasenkrug Minuten später fest. Sie hatten sich unter den Rathausbogen zurückgezogen, da jetzt ein unangenehmer Schneeregen fiel. „Jutta Göpel hat, so schreibt Marieke in ihrer Mail, eigentlich gar nicht fünfhunderttausend Euro gewonnen, sondern nur ein Fünftel davon, sprich hunderttausend. Den Tippschein hatte sie nämlich gemeinsam mit

Freundinnen eingereicht. Bei den Frauen handelt es sich unter anderem um Birgit Buskohl."

„Wer waren die anderen Teilnehmerinnen?"

„Imke Lengen, Heike Mischnick und … tadaa … Foelke Schmitz." Hasenkrug sah zum Engelkemarkt hinüber, deren Stände nach wie vor geschlossen waren. „Wir könnten also auch direkt sie befragen, wenn wir schon mal hier sind."

Büttner überlegte kurz, winkte dann aber ab. „Die ist mir zu pampig. Ich schätze, sie macht dicht, sobald wir sie damit konfrontieren. Marieke hat recht. Wir sollten zuerst mit Birgit Buskohl sprechen, die scheint mir um Längen umgänglicher zu sein. Da Frau Schmitz nicht ahnt, dass wir sie im Visier haben, läuft sie uns schon nicht weg."

„Klingt nach einem guten Plan", stimmte Hasenkrug ihm zu.

„Haben wir Frau Buskohls Adresse?"

„Ja. Marieke hat sie mitgeschickt. Sie wohnt in fußläufiger Entfernung. Wir können also darauf verzichten, unseren Wagen zu holen."

Büttner sah ihn misstrauisch an. „Was genau verstehen Sie unter einer fußläufigen Entfernung, Hasenkrug?"

„Gut drei Kilometer."

Büttner funkelte ihn finster an. „Nur weil Sie glauben, sich mittels Ausdauersport Ihr Leben ruinieren zu müssen …"

Hasenkrug unterbrach ihn mit einem breiten Grinsen auf dem Gesicht. „War ein Witz, Chef. Sie wohnt nur drei Straßen weiter."

„Sie waren schon mal witziger, Hasenkrug."

„Wenn Sie meinen."

„Sie sprachen von einer inoffiziellen Tippgemeinschaft", kam Büttner erneut auf den Lottogewinn zu sprechen, als sie gleich darauf unter den Arkaden die Neutorstraße entlangliefen. „Was hat es damit auf sich?"

„Es gab offenbar keinen Vertrag zwischen den Teilnehmerinnen. Zumindest wurde keiner gefunden. Vielleicht hat sich Jutta Göpel dies zunutze gemacht und ihre Freundinnen um den Anteil ihres Gewinns betrogen."

„Was sie womöglich mit ihrem Leben bezahlen musste", ergänzte Büttner. „Nicht ausgeschlossen auch, dass sie kollektiv beschlossen haben, sie umzubringen."

Hasenkrug nickte. „Marieke schreibt, dass der Lottogewinn auf Jutta Göpels Konto überwiesen wurde, von diesem Konto aber bislang keine entsprechend hohen Überweisungen an die Freundinnen rausgegangen sind. Was darauf schließen lässt, dass die ihren Anteil noch nicht bekommen haben. Auch Marieke hält es für nicht ausgeschlossen, dass genau darin das Motiv für den Mord liegt."

„Scheint mir eine logische Annahme zu sein", erwiderte Büttner. „Woher weiß Marieke überhaupt von der Tippgemeinschaft?"

„Sie hat einen Anruf von Jakob Göpel bekommen, einem der Göpel-Zwillinge. Anscheinend sind beide Söhne gestern in Emden eingetroffen. Ihre Mutter hat sie wohl schon vor ein paar Tagen während eines Zoom-Calls über den Lottogewinn informiert."

„Auch darüber, dass der Gewinn nicht alleine ihr gehört?"

„Nicht direkt. Allerdings hat sie ihnen gegenüber wohl auch nur von hunderttausend Euro gesprochen und nicht von einer halben Million."

„Was darauf hindeutet, dass sie vorhatte, den anteiligen Gewinn an ihre Freundinnen auszuzahlen."

„Davon ist auszugehen, ja. Die Söhne jedenfalls haben die Tippscheine nun in den Unterlagen ihrer Mutter – also in ihrer neuen Wohnung – gefunden. Es sind insgesamt fünf Scheine, und auf jedem von ihnen ist der Name einer Freundin notiert worden. Also haben sie ihren Vater darauf angesprochen. Der aber redete wohl plötzlich von einer halben Million Euro, die nun angeblich in Gänze ihnen gehörten, und er will von einer Tippgemeinschaft nichts gewusst haben."

„Er hat uns gegenüber behauptet, von dem Gewinn nichts gewusst zu haben", bemerkte Büttner. „Sollte es so sein, wird er naturgemäß auch von der Tippgemeinschaft nichts gewusst haben."

„Klingt logisch. Die Söhne jedenfalls konnten das alles nicht einordnen und sind zu dem Schluss gekommen, dass es unter den gegebenen Umständen besser sei, die Polizei über ihren Fund zu informieren. Jakob Göpel sagte, er und sein Bruder nehmen kein Geld an, das ihnen nicht gehört, und wollen das geklärt wissen."

Büttner nickte. „Scheinen anständige junge Männer zu sein. Bleibt allerdings die Frage, inwieweit die Freundinnen über den Gewinn informiert waren. Rein formell gesehen hatten sie ja keinerlei Anspruch auf ihren Anteil."

Hasenkrug zuckte mit den Schultern. „Dabei weiß ja jeder, dass bei Geld die Freundschaft aufhört. Ziemlich naiv, keinen Vertrag zu machen, wenn Sie mich fragen. Aber was sollte es ihnen denn in diesem Fall nützen, Jutta Göpel umzubringen, selbst wenn die das Geld nicht rausrücken wollte? Ich meine, auf diese Weise kommen die Frauen schließlich gar nicht mehr an die Knete."

„Das stimmt natürlich", gab Büttner seinem Kollegen recht. „Aber erfahrungsgemäß denken Mörder selten logisch. Wenn sie denn überhaupt denken. Jetzt gucken wir einfach mal, was Frau Buskohl zu all dem zu sagen hat."

Zunächst nicht viel, wie sich herausstellte, denn auf den Lottogewinn angesprochen, starrte Birgit Buskohl sie über lange Sekunden nur aus großen Augen an und überhörte sogar den Wasserkessel, der hinter ihr auf dem Herd schrill und ausdauernd zu pfeifen begonnen hatte.

Büttner räusperte sich und deutete auf den Herd. „Vielleicht kümmern Sie sich erstmal um den Tee?"

„Ach herrje, ja, natürlich." Die Frau wandte sich dem Kessel zu und zog ihn von der Gasflamme, woraufhin sich eine himmlische, wenn auch angespannte Stille über den Raum legte. Büttner fiel auf, wie mitgenommen Birgit Buskohl aussah. Weder schien sie ausreichend geschlafen, noch schien sie geduscht zu haben. Ihre Bewegungen wirkten fahrig, ihre Stimme kraftlos.

„Wann haben Sie von dem Lottogewinn erfahren?", durchbrach schließlich Hasenkrug die Stille.

Birgit Buskohl goss Wasser in den mit Teeblättern ge-füllten Trekpott und stellte die Kanne aufs Stövchen. „Muss noch 'n bisschen ziehen." Als hätte sie Hasenkrug nicht gehört, richtete sie unnötigerweise die vor ihnen stehenden Tassen neu aus, wobei ihre zittrigen Hände das Porzellan zum Klirren brachten. Dann zögerte sie kurz und sagte mehr zu sich selbst: „Was wollte ich nun auch noch machen?" Nur um sich gleich darauf mit der Hand an die Stirn zu fassen. „Ach ja, die Kluntjes." Sie griff nach der Zange und ließ jeweils einen davon in die Tassen fallen.

„Wann haben Sie von dem Lottogewinn erfahren?", wiederholte Hasenkrug.

„Was?" Sie schien wirklich nicht bei der Sache zu sein.

„Der Lottogewinn."

„Ach so, ja." Die Frau fuhr sich müde übers Gesicht. „Wir haben also wirklich etwas gewonnen, sagen Sie?"

„So sieht's aus, ja. Aber Sie haben doch sicherlich schon davon gewusst, bevor wir davon gesprochen haben", erwiderte Büttner ungläubig.

„Nee, hab ich nicht. Das ist das Erste, was ich höre." Sie nahm die Kanne vom Stövchen und schenkte Tee ein. „Wenn Sie Sahne wollen, dann nehmen Sie sich. Ich könnt auch noch von dem Christstollen aufschneiden, wenn Sie so was mögen. Ist mit Marzipan."

„Nee, danke, lassen Sie mal", erwiderte Hasenkrug.

„Lebkuchen vielleicht?"

„Nein, auch nicht, danke."

„Haben Sie denn die Lottozahlen gar nicht kontrolliert, nachdem Ihre Freundin den Schein abgegeben hatte?", ließ sich Büttner auch nicht ablenken, obwohl er einem Stück Christstollen gegenüber nicht abgeneigt gewesen wäre.

Sie blieb stumm, ihren Blick nun starr auf die Wand gegenüber gerichtet.

„Frau Buskohl?"

„Was?" Sie schrak zusammen, und plötzlich traten Tränen in ihre Augen. „Bitte entschuldigen Sie", schniefte sie. „Ich bin total durch 'n Wind. Erst ging's ja noch in all dem Trubel. Aber als ich dann gestern Abend im Bett lag und mir plötzlich klar wurde, dass ich Jutta nun nie mehr wiedersehe … Ich will das einfach nicht glauben." Sie presste ihre Faust aufs Herz, und ließ ihren Tränen freien Lauf. „Es tut einfach so weh, wissen Sie. Hier drin, da tut es einfach so weh. Jutta und ich, wir kannten uns doch schon immer. Seit dem Kindergarten kannten wir uns. Und nun soll das alles plötzlich vorbei sein? Einfach so?" Sie schaute von einem zum anderen, als erwarte sie von ihnen, den plötzlichen Tod ihrer Kindheitsfreundin rückgängig zu machen.

„Ich weiß nicht, ob man von *einfach so* reden kann", erwiderte Büttner. „Ihre Freundin wurde ermordet. Und wir fragen uns natürlich, ob ihr Tod etwas mit dem Lottogewinn zu tun haben könnte."

„Mit dem Lottogewinn? Wie das denn?"

„Na ja, immerhin hat Ihre Freundin Ihnen gegenüber nichts von dem Lottogewinn erzählt, oder? Auf ihrem Konto sind vor ein paar Tagen fünfhunderttausend Euro eingegangen, von denen Sie bis heute nichts gesehen haben. Hab ich recht?"

„Ist doch nur Geld", murmelte Birgit Buskohl. „Das bringt mir Jutta ja …" Sie brachte den Satz nicht zu Ende, sondern richtete ihren zusammengesunkenen Körper so plötzlich im Stuhl auf, dass Büttner und Hasenkrug erschrocken zusammenzuckten.

„Das war's also!", rief sie. „Das war die Überraschung, die Jutta … Oh, nein!" Sie schlug die Hände vors Gesicht und weinte bitterlich. „Nein, nein, nein! Das darf doch alles nicht wahr sein!"

Die Kommissare ließen sie für eine Weile gewähren, dann sagte Büttner: „Von welcher Überraschung sprechen Sie, Frau Buskohl?"

Sie ließ die Hände sinken, griff nach einem Papiertaschentuch und fuhr sich damit über die fleckige Gesichtshaut. „Bevor Jutta aufs Klo ging", schluchzte sie, „also auf dem Weihnachtsmarkt, da war sie plötzlich so ... so fröhlich. Ihre Augen haben richtig geleuchtet. Sie sagte, dass sie uns was Unglaubliches mitzuteilen hat und dass wir unbedingt darauf anstoßen müssen, wenn sie wieder zurück ist. Und dass für uns alle nun alles anders wird."

„Wenn es dabei um den Lottogewinn ging", meinte Hasenkrug, „dann wundere ich mich trotzdem, dass Sie davon nicht schon längst wussten. Wie mein Kollege gerade schon mal anmerkte: Wollen Sie uns wirklich weismachen, dass Sie die Zahlen während oder nach der Ziehung nicht selbst kontrolliert haben? Das ist es doch, was man gemeinhin tut, wenn man an einer Lotterie teilgenommen hat."

„Aber doch nicht nach mehr als einem Jahr. Wer rechnet denn mit so was?" Sie schluchzte auf, fasste sich aber schnell wieder. „Ich hatte schon längst wieder vergessen, dass wir überhaupt gespielt haben. Bis Sie mir jetzt auf einmal mit dem Gewinn um die Ecke kommen."

Hasenkrug zog die Stirn in Falten und rief erneut seine E-Mails auf. Marieke hatte noch mehr Unterlagen geschickt, unter ihnen nun auch eine Kopie der Lottoscheine. Er kontrollierte das Datum. Sie waren tatsächlich vor deutlich über einem Jahr eingereicht worden. Es waren Dauerlose. Er nickte seinem Chef zu, der ihn fragend ansah.

„Wir hatten damals irgendwas gefeiert", erinnerte sich

Birgit Buskohl. „Waren nicht mehr ganz nüchtern, als wir die Dinger ausgefüllt haben. Jede von uns einen Zettel mit zwölf Kästchen. Jutta hat die dann am nächsten Tag zur Annahmestelle gebracht. Ich hab seitdem überhaupt nicht mehr darüber nachgedacht."

„Aber irgendwer muss die doch bezahlt haben."

„Ja, das sollt man meinen. Muss Jutta dann wohl gewesen sein."

„Für alle fünf?"

Birgit Buskohl zuckte mit den Schultern.

„Und Sie sind sich sicher, dass auch Ihre Freundinnen von dem Gewinn nichts gewusst haben?"

„Das haben die bestimmt nicht. Nie im Leben hätte Jutta es einer von uns erzählt und den anderen nicht. So war sie nicht. Nee, sie wollte uns alle zusammen damit überraschen und dann …" Erneut brach sie in haltloses Schluchzen aus.

Als sie sich auch nach Minuten nicht zu beruhigen schien, sagte Büttner: „Danke für den Tee, Frau Buskohl. Wir finden den Weg raus."

„Glauben Sie ihr?", fragte Hasenkrug, als sie wieder auf der Straße standen.

„Leider ja", antwortete Büttner. „Sie schien mir tatsächlich von nichts zu wissen. Ich fürchte, mit der These Lottogewinn kommen wir erstmal nicht weiter."

10

Als David Büttner und Sebastian Hasenkrug zum Weihnachtsmarkt zurückkehrten, war Foelke Schmitz nicht mehr dort. Ihren Stand, der zwischenzeitlich geöffnet hatte, versorgte eine junge Frau, die sich auf Nachfrage als ihre Nichte namens Taalke herausstellte.

„Foelke ist zum Arzt", erklärte diese kurzangebunden, während sie Geld von einem Kunden entgegennahm und ihm im Gegenzug eine große Tüte gerösteter Mandeln in die Hand drückte.

„Und wann wird sie zurückerwartet?", fragte Büttner.

„Kommt drauf an, wie's ihr geht."

„Also ist es etwas Akutes?"

„Ich wüsste nicht, was Sie das angeht."

Büttners Magen meldete sich bei all den Gerüchen, die ihn hier umwaberten, lautstark zu Wort. Er beschloss, sich später eine Bratwurst mit Senf zu gönnen. „Es geht uns insofern etwas an, als wir dringend mit ihr sprechen müssen." Er zeigte der jungen Frau seinen Dienstausweis.

„Und wenn Sie mir noch so viele Ausweise unter die Nase halten, herzaubern kann ich meine Tante nicht."

„Und zu welchem Arzt ist sie gegangen?", ließ sich Hasenkrug nicht abwimmeln. Der Blick aber, den er dafür kassierte, sprach Bände. Er hob abwehrend die Hände. „Okay, okay, wir haben verstanden. Sollten Sie Ihre Tante später noch sehen, richten Sie ihr bitte aus, dass sie sich bei uns melden soll. Es ist wichtig." Er legte ihr seine Visitenkarte auf den Tresen, die sie wortlos in die Tasche ihrer Schürze steckte.

„Muss in der Familie liegen, der überbordende Charme", meinte Hasenkrug, als sie sich ergebnislos vom Stand ab- und einem Bratwurststand zugewandt hatten. „Ich schätze, da beißen wir auch weiterhin auf Granit. Wir werden Foelke Schmitz zu Hause aufsuchen müssen."

Wozu Büttner wenig Lust verspürte, doch es würde ihnen wohl nichts anderes übrigbleiben. Als er nun aber in seine Bratwurst mit Senf biss, fühlte er sich zumindest kurzzeitig mit der Welt wieder versöhnt.

„Und nun?", fragte Hasenkrug, als sie ihre Wurst verdrückt hatten.

Büttners Handy kündigte eine Nachricht an, und bei einem Blick aufs Display wurde er blass. „Aber das ist doch … Das geht doch nicht!"

„Irgendwas nicht in Ordnung, Chef?", erkundigte sich Hasenkrug alarmiert. „Doch wohl hoffentlich keine neue Leiche."

„Im Gegenteil", sagte Büttner mit heiserer Stimme. „Los, Hasenkrug, bestellen Sie mir ein Taxi!"

„Aber …"

„Ein Taxi! Schnell!"

Hasenkrug zog sein Smartphone hervor und öffnete die App. „Wohin soll's denn gehen?"

„Zur Klinik." Büttner strahlte. „Ich werde Opa."

Susanne kam ihm auf dem Gang entgegengelaufen. Von irgendwoher war das Schreien mehrerer Säuglinge zu hören, während zwei Hochschwangere, von Schmerzen sichtlich geplagt und am Arm ihrer Partner hängend, den Gang auf und ab watschelten. Jette war nicht unter ihnen. „Aber, David, ich hab dir doch geschrieben, dass du nicht Hals über Kopf herkommen musst!", rief sie.

„Hast du? So weit habe ich gar nicht gelesen", murmelte Büttner. Er fühlte sich überrumpelt. Davon, dass das Kind noch vor Weihnachten kommen könnte, war schließlich nie die Rede gewesen. „Ich werde wohl kaum irgendwelchen Mördern hinterherjagen, wenn meine Tochter ihr erstes Kind bekommt", sagte er entschieden. „Außerdem weißt du, dass ich mich dann gar nicht konzentrieren könnte. Das sollen jetzt mal schön Hasenkrug und Marieke machen, die kriegen es auch ohne mich hin. Davon mal abgesehen, war sowieso gerade Stillstand, und der ganze Fall muss neu durchdacht werden. Wo ist Jette jetzt?"

„Im Kreißsaal. Kai war gerade kurz bei mir und erzählte, dass man ihr ein Bad einlässt. Die Hebamme ist nach einer ersten Untersuchung wohl der Ansicht, dass es voraussichtlich noch ein paar Stunden dauern wird, bis das Kind da ist. Ich wollte mich gerade auf den Weg nach Hause machen. Wir können sowieso nichts tun. Außerdem braucht Jette später noch ein paar Sachen, die ich jetzt mal zusammensuche."

„Aber wenn nun irgendwas …"

Susanne fasste Büttner am Arm und zog ihn mit sich fort in Richtung Ausgang. „Wir wohnen in Emden, David, also sind wir in wenigen Minuten hier, wenn wir gebraucht werden. Kai hält uns auf dem Laufenden. Du kannst also getrost wieder zur Arbeit gehen. Das Kommissariat ist sogar noch näher an der Klinik als unser Haus."

„Fehlalarm?", fragte Hasenkrug, als sein Chef unerwartet wieder zur Tür hereinkam. Er nickte wissend. „Das kenne ich. Tonja haben sie bei jedem unserer Kinder noch mal nach Hause geschickt."

„Gott bewahre." Büttner ließ sich stöhnend in seinen Schreibtischstuhl sinken. „So schlimm ist es Gott sei Dank nicht. Sie haben Jette dabehalten, alles geht seinen Gang. Das behaupten sie wenigstens, aber so richtig geht es trotzdem nicht voran. Ich war sogar noch mit den Hunden laufen, um mich abzulenken. Als Kai dann anrief und sagte, dass es trotz der schon vergangenen Zeit auch weiterhin noch Stunden dauern wird, hat Susanne mich aus dem Haus gescheucht. Sie sagte, ich soll lieber meinen Kollegen auf die Nerven gehen."

„Na, vielen Dank auch."

„Hat sich hier zwischenzeitlich etwas Neues ergeben?"

„Nein. Ähnlich wie Jette treten auch wir auf der Stelle."

„Was für ein selten dämlicher Vergleich", knurrte Büttner.

„Wir durchleuchten gerade noch mal die Verdächtigen. Sprich Hanno Göpel und die vier Freundinnen. Vielleicht haben wir was übersehen."

„Natürlich haben Sie das, ansonsten würden wir ja jetzt nicht mehr hier sitzen, und ich könnte zu Hause der Dinge harren."

Hasenkrug grinste. „Ihre Frau hat Sie rausgeschmissen,

schon vergessen? Also seien Sie dankbar, dass wir Ihnen hier Asyl geben."

Während sie in den nächsten Stunden ihrer Arbeit nachgingen und nach Hinweisen suchten, die ihre Ermittlungen voranbringen würden, konnte sich Büttner nur schwer konzentrieren. Alle paar Minuten schaute er auf die Uhr und musste sich zwingen, nicht genauso oft zum Telefon zu greifen und Susanne anzurufen. Stattdessen trommelte er ebenso unbewusst wie unablässig mit den Fingern auf dem Schreibtisch herum und trieb Hasenkrug damit fast in den Wahnsinn.

„Kann eine Entbindung wirklich so lange dauern?", fragte er schließlich, als sein Kollege ihn zum wiederholten Male bat, doch bitte mit dem ständigen Klopfen aufzuhören. „Bestimmt gab es Komplikationen, meinen Sie nicht?"

Hasenkrug seufzte. „Dann hätte Ihre Frau Sie doch längst informiert, Chef."

„Da bin ich mir nicht so sicher, denn …"

Hasenkrug unterbrach ihn mit einer Geste. „Jette bekommt ihr erstes Kind. Das kann schon mal ein wenig Zeit in Anspruch nehmen. Bis Mara endlich auf der Welt war, hat es mehr als vierundzwanzig Stunden von der ersten bis zur letzten Wehe gedauert."

„Nun malen Sie den Teufel mal nicht an die Wand", stöhnte Büttner. „So lange halte ich das nicht aus."

„Wieso Sie? Vor allem muss es ja wohl Jette aushalten", erwiderte Hasenkrug.

„Aber Jette ist wenigstens dabei und weiß jederzeit, was Sache ist, während man mich völlig im Dunkeln lässt."

Hasenkrug verdrehte die Augen. „Am besten wäre es gewesen, man hätte Sie erst informiert, wenn das Kind auf der Welt ist. Dann könnten wir uns jetzt wenigstens alle auf unsere Arbeit konzentrieren."

Es klopfte an der Tür, und Frau Weniger kam herein. „Hier ist eine Heike Mischnick, die Sie gerne sprechen würde. Es geht um den Fall Jutta Göpel."

„Ach so? Hatten wir sie denn einbestellt?" Büttner sah Hasenkrug fragend an, der aber schüttelte den Kopf.

„Es ist wirklich dringend." Heike Mischnick hatte sich an der Sekretärin vorbeigeschoben. „Es ... es geht um den Lottogewinn. Ich ..." Sie räusperte sich. „Ich glaube nämlich, dass ... na ja, ich glaube, dass da was nicht stimmt."

Büttner bedeutete ihr, auf dem Stuhl vor seinem Schreibtisch Platz zu nehmen, woraufhin Frau Weniger ihr den Mantel abnahm und den Raum wieder verließ. Zu Büttners Überraschung kam unter dem Mantel ein recht elegantes Kostüm hervor, das bei dem nasskalten Schmuddelwetter alles andere als angemessen schien. Auch trug die Frau zum Kostüm passende Pumps, die allerdings, genauso wie ihre Nylonstrümpfe, ziemlich verdreckt aussahen.

Heike Mischnick bemerkte seinen irritierten Blick und strich sich über den enganliegenden hellgrauen Rock. „Ich hatte nicht damit gerechnet, nach draußen zu müssen", erklärte sie. „Normalerweise wäre ich heute mit meinem Wagen nur von Tiefgarage zu Tiefgarage gefahren."

„Sie sind also inzwischen über den Lottogewinn informiert?", kam er auf das eigentliche Anliegen zurück.

Sie nickte. „Birgit hat mich angerufen, nachdem Sie wieder gegangen waren. Sie war natürlich völlig aus dem

Häuschen, weil wir ja angeblich alle nichts von dem Gewinn gewusst haben."

„Angeblich? Heißt das, Sie wussten davon?"

Sie senkte den Kopf und nestelte nervös am Saum ihrer Bluse herum, dann nickte sie. „Ja, aber ich habe Jutta versprochen, den anderen nichts zu verraten."

„Warum sollten Ihre Freundinnen es nicht wissen?", fragte Hasenkrug.

Sie lächelte traurig. „Es sollte eine Überraschung sein. Jutta wollte, dass wir alle zusammen sind, wenn sie es verkündet. Damit wir uns gemeinsam freuen und auch gleich darauf anstoßen können. Jutta ..." Sie kämpfte nun sichtlich mit den Tränen, „... sie hat sich so darauf gefreut. Und ich habe wirklich bedauert, dass es für mich keine Überraschung mehr sein würde. Ich liebe Überraschungen."

„Und warum hat Frau Göpel Ihnen schon im Vorfeld von dem Gewinn erzählt, wenn ihr die Überraschung so wichtig war?"

„Na ja, vor mir konnte sie es kaum geheim halten, wissen Sie. Ich arbeite nämlich in der Bank, in der Jutta ihr Konto hat. Genau genommen berate ich sie schon seit langen Jahren in Geldangelegenheiten, und da ist mir diese außergewöhnliche Kontobewegung natürlich nicht verborgen geblieben. Ich habe sie dann sofort angerufen. Aber sie wusste schon Bescheid, weil die Lottogesellschaft sie schriftlich über den Gewinn informiert hatte. Da ich dem Bankgeheimnis unterliege, hätte ich es meinen Freundinnen natürlich sowieso nicht verraten dürfen."

„Sie sind sich also absolut sicher, dass Ihre zwei

Freundinnen", Hasenkrug nannte die Namen, „bis heute nichts von dem Gewinn gewusst haben."

„Ich habe vorhin mit Imke und Foelke telefoniert und …" Sie zögerte kurz. „Sie waren überrascht, ja."

„Und Birgit Buskohl hat nur Sie, aber nicht Foelke Schmitz und Imke Lengen sofort angerufen, nachdem wir gegangen waren?", wunderte sich Hasenkrug. „Wie erklärt sich das?"

Heike Mischnick schüttelte kaum merklich den Kopf. „Birgit ist völlig neben der Spur. Sie trauert von uns allen am meisten um Jutta. Die beiden waren extrem eng. Sie hat am Telefon nur geheult und daher mich gebeten, es den anderen zu erzählen."

„Könnte die Überraschung von Frau Schmitz und Frau Lengen nicht trotzdem gespielt gewesen sein?", gab Büttner zu bedenken. „Vielleicht hatte Frau Göpel ihnen gegenüber ja längst etwas angedeutet."

„Nein, das hat sie ganz bestimmt nicht. Das hätte sie mir gesagt." Heike Mischnick biss sich auf die Lippen. „Ich glaube auch nicht, dass Hanno etwas ausgeplaudert hat."

„Er konnte schon allein deshalb nichts ausplaudern, weil er von dem Gewinn nichts wusste", entgegnete Hasenkrug.

„Dann hat er gelogen", behauptete sie. „Ich weiß, dass Jutta ihm davon erzählt hat." Ihre Stimme wurde noch leiser, als sie nach längerem Zögern und einem tiefen Atemzug hinzufügte: „Ich sagte ja gerade, dass Foelke und Imke überrascht waren, als ich ihnen von dem Gewinn erzählte. Komisch war allerdings, dass …" Sie verstummte.

Büttner beugte sich vor. „Ja? Was war komisch?"

„Nun ja, Imke schien sich nur sehr verhalten über diese

Nachricht zu freuen, was gar nicht ihre Art ist. Selbst angesichts der Umstände, meine ich. Sie ist nämlich bei Weitem nicht so zartfühlend wie Birgit und eigentlich immer nur auf ihren eigenen Vorteil bedacht."

„Auf mich machte sie einen eher zurückhaltenden Eindruck", schob Büttner ein.

Die Frau lachte rau auf. „Ja, Leute täuschen kann sie gut. Wie auch immer. Imke blieb am Telefon eine Weile stumm, so als würde sie über irgendetwas nachdenken. Als ich schließlich fragte, ob sie noch dran ist, rief sie plötzlich ziemlich pampig: ‚Und wann genau bekomme ich nun meine Hunderttausend?'"

Als Büttner sie nur fragend ansah, fuhr sie fort: „Ich hatte ihr bis dahin nur gesagt, dass wir viel Geld gewonnen haben. Die Summe aber hatte ich noch gar nicht genannt."

„Sie muss also doch schon im Vorfeld davon gewusst haben", schlussfolgerte Hasenkrug. „Sie haben aber keine Ahnung, wer gequatscht haben könnte?"

„Nein. Die Einzigen, die bislang von dem Gewinn wussten, waren Jutta, Hanno und ich. Da bin ich mir ganz sicher."

„Und Birgit Buskohl", wandte Hasenkrug ein. „Vielleicht hatten die beiden ja doch schon miteinander telefoniert."

„Ganz sicher nicht. Ich habe Imke sofort angerufen, nachdem Birgit aufgelegt hatte. Sie hätte also vorher gar nicht mit Birgit sprechen können."

„Wenn Sie es nicht von Jutta Göpel oder von Ihnen hatte, dann kommt nur Hanno Göpel infrage", schlussfolgerte Büttner. „Aber warum sollte ausgerechnet er ihr davon erzählen?"

„Ich … will jetzt wirklich nichts Falsches sagen und auch ganz bestimmt nicht indiskret sein, aber …"

„Aber?"

„Na ja, ich war vorhin, also in meiner Mittagspause, bei Imke. Weil ich wissen wollte, warum sie so komisch reagiert hat, als ich ihr vom Lottogewinn erzählte. Sie hat dann für ein paar Minuten den Raum verlassen, weil ein wichtiger Anruf reinkam. Ich habe mir eine Zeitschrift vom Tisch genommen. So 'ne Frauenzeitschrift war das. Und da … na ja … Beim Blättern sind zwei Zettel rausgerutscht."

„Was denn für Zettel?", fragte Büttner.

Heike Mischnick schluckte schwer. „Boardingpässe. Für einen Flug nach Brasilien. Heute, am späten Abend. Es waren zwei Ausdrucke." Sie legte den Kopf in den Nacken, nahm erneut einen tiefen Atemzug und sagte: „Ausgestellt auf ihren Namen und auf den von Hanno. Hanno Göpel. Ich hatte schon lange das Gefühl, dass es Imke ist, mit der Hanno seine Frau betrügt."

11

„Nope." Marieke kam rund eine halbe Stunde, nachdem Heike Mischnick gegangen war, zu Büttner und Hasenkrug ins Büro. „Auf keinem der Flüge, die heute oder morgen nach Brasilien gehen, sind Hanno Göpel oder Imke Lengen gebucht. Zumindest nicht von Frankfurt aus. Die Kollegen recherchieren aber weiter. Vielleicht fliegen die beiden ja von einem anderen Flughafen aus. Schade, dass Frau Mischnick keine Fotos von den Boardingpässen gemacht hat. Dann könnten wir zielgerichteter vorgehen."

Sebastian Hasenkrug nahm einen Anruf entgegen, hörte stumm zu, bedankte sich und legte wieder auf. „Weder Hanno Göpel, noch Imke Lengen wurden zu Hause angetroffen und auch nicht bei ihrer Arbeit, berichten die Kollegen von der Streife. Was nicht verwundert, wenn sie für heute Abend einen Flug von Frankfurt aus gebucht haben. Sie dürften längst dorthin unterwegs sein. Auch telefonisch sind sie nicht zu erreichen."

„Wusste man bei der Arbeit denn, dass sie nicht kommen würden?", fragte Büttner.

„Ja. Beide haben schon seit ein paar Tagen und bis ins neue Jahr hinein Urlaub."

Büttner zog nachdenklich die Stirn in Falten. „Wann beantragt?"

„Bitte?"

„Ich wüsste gerne, wann die beiden ihren Urlaub beantragt haben."

„Da müssten die Kollegen noch mal in der jeweiligen Personalabteilung nachfragen, fürchte ich."

„Dann veranlassen Sie das bitte. Sie sollen sich umgehend darum kümmern."

Hasenkrug nahm erneut sein Telefon in die Hand.

Marieke sah ihren Chef prüfend an. „Sie glauben nicht daran, dass Hanno Göpel und Imke Lengen gemeinsam mit dem Geld auf und davon sind, oder?"

„Wie Sie wissen, waren wir am Morgen nach dem Mord bei Hanno Göpel zu Hause. Er war nicht allein, sondern hatte eine Frau da namens Luisa oder Lena oder …"

„Leonie", half Marieke.

„Leonie, ja. Die sprang mehr oder weniger nackt bei ihm herum. Außerdem wartete sie auf ein Paket, das nicht zu ihr nach Hause, sondern zu Göpel geliefert werden sollte. Was Imke Lengen wohl kaum geduldet hätte, wenn sie ihrerseits plant, mit Hanno Göpel ein neues Leben am anderen Ende der Welt zu beginnen."

Marieke zuckte mit den Schultern. „Vielleicht weiß Imke Lengen ganz einfach nichts davon, dass er sich auch anderweitig vergnügt. Außerdem: Wer sagt denn, dass die beiden ein Paar sind? Vielleicht teilen sie sich nur das Geld und gehen dann in Brasilien ihrer Wege."

„Warum sollte Hanno Göpel das Geld in diesem Fall denn überhaupt mit Imke Lengen teilen?"

„Stimmt auch wieder."

„Davon mal abgesehen, ist Imke Lengen verheiratet.

Würde sie ihren Mann verlassen, um mit dessen Freund durchzubrennen?"

„Kommt in den besten Familien vor", zeigte sich Marieke unbeeindruckt.

Büttner legte die Hand auf seinen Bauch. „Mein Bauchgefühl sagt mir mehr und mehr, dass Heike Mischnick uns nicht die Wahrheit gesagt hat. Mir war ihre Geschichte gleich zu … ja, zu konstruiert. Spätestens, als sie mit den Flugtickets um die Ecke kam. Ich meine, wer findet denn zufällig zwei Flugtickets …"

„Boardingpässe."

„Mir egal. Also, wer findet denn so was zufällig in einer Zeitschrift? Wer legt Boardingpässe überhaupt in eine Zeitschrift?"

„Wer druckt Boardingpässe heutzutage überhaupt noch aus?", mischte sich Hasenkrug ein, der seinen Anruf beendet hatte, um dann auf das soeben geführte Telefonat zu sprechen zu kommen. „Imke Lengen hat ihren Urlaub im August beantragt, Hanno Göpel seinen im September. Von dem Lottogewinn wussten sie zu diesem Zeitpunkt definitiv nichts, da es den noch gar nicht gab."

Büttner schlug mit der flachen Hand auf den Tisch. „Das dachte ich mir." Er schaute von einem zum anderen. „Wenn Sie mich fragen, sind wir gerade den falschen Zielpersonen auf der Spur."

„Ein Ablenkungsmanöver von Heike Mischnick also?" Marieke wiegte den Kopf hin und her. „Könnte sein. Aber perfide wäre das schon."

„Sie hat Zugriff auf Jutta Göpels Konto und damit auf das Geld", sagte Büttner.

„Nicht nur sie", erwiderte Marieke, „sondern auch wir. Zumindest dürfen wir laut richterlichem Beschluss das Konto einsehen." Sie tippte mit schnellen Fingern etwas in die Tastatur ihres Laptops, dann pfiff sie durch die Zähne. „Die fünfhunderttausend Euro sind nicht mehr auf Jutta Göpels Konto. Sie wurden heute Nacht umgebucht. Auf ein Konto in der Schweiz, wenn ich es auf die Schnelle richtig überblicke."

Büttner schaute auf die Uhr. „Heike Mischnick kann noch nicht weit gekommen sein. Hasenkrug, schicken Sie als Erstes eine Streife zu ihrem Haus. Marieke, sorgen Sie dafür, dass alle Flughäfen informiert werden."

„Wir wissen nicht, ob sie plant, außer Landes zu fliegen", gab Marieke zu bedenken.

„Reine Prophylaxe", meinte Büttner. „Nicht, dass sie uns durch die Lappen geht, während wir hier noch das eine oder andere abchecken." Büttner nahm sich das Protokoll der letzten Tage vor.

„Ich verstehe nicht, warum sie überhaupt zu uns ge- kommen ist", meinte Hasenkrug, nachdem er die Streife auf den Weg geschickt hatte. „Sie hätte doch einfach so verschwinden können. Bis wir es bemerkt hätten, wäre sie schon über alle Berge gewesen."

„Ich sage doch, dass Mörder nicht immer logisch oder gar klug handeln", knurrte Büttner. „Ich schätze, sie wollte uns für den heutigen Tag beschäftigt halten, damit sie freie Bahn hat, und kam sich dabei besonders clever vor. Vielleicht hat sie auch einfach noch ein Hühnchen mit ihren Freunden zu rupfen und wollte ihnen ein wenig Stress bereiten."

„Wenn's blöd läuft, ist sie gar nicht die Mörderin, sondern hat es lediglich aufs Geld abgesehen", warf Marieke ein. „Just saying."

Büttner schnaubte ungehalten. „Nun sagen Sie doch nicht so was, Marieke. Wie Sie wissen, käme mir das alles andere als gelegen. Was wiederum blöd für Sie beide wäre, denn dann müssten Sie den Fall alleine lösen. Ab morgen nämlich werde ich Großvater sein und sonst nichts. Apropos." Er warf einen Blick auf sein Handy, legte es aber mit einem tiefen Seufzer wieder beiseite. Noch immer gab es keine Nachricht zum Stand der Entbindung.

Hasenkrug nahm erneut den Hörer zur Hand. „Ich versuche mal, einen von Göpels Söhnen zu erreichen. Vielleicht wissen die ja, wo ihr Vater steckt, dann können wir dessen angebliche Flucht schon mal ausschließen." Tatsächlich erreichte er Jakob Göpel, und der gab an, mit seinem Bruder und seinem Vater im Bestattungsinstitut zu sein, um die Beisetzung seiner Mutter zu besprechen. Er gab Hasenkrug Name und Anschrift des Bestatters.

„Lassen Sie das von einer Streife überprüfen", sagte Büttner. „Nur, um ganz sicherzugehen." Er hob den Zeigefinger. „Aber unauffällig und pietätvoll! Nicht, dass wir morgen wieder in der Zeitung stehen."

„Heike Mischnick hat bei der ersten Befragung auf dem Weihnachtsmarkt angegeben, ebenfalls zur Toilette gegangen zu sein", stellte Büttner nach dem Studieren des Protokolls fest. „Sie hätte also Gelegenheit gehabt, ihre Freundin zu töten. Zumal Jutta Göpel ja wohl auch in ihren Armen gestorben ist. Zeitlich würde das also hinhauen."

„Auf dem Video war sie nicht zu sehen", überlegte

Marieke. „Vielleicht aber haben wir sie ja auch übersehen. Schließlich war nicht jedes Gesicht zu erkennen."

Ein Anruf kam herein. Es war die Streife, die mitteilte, dass Heike Mischnick nicht zu Hause sei. Auch würde vor ihrem Haus kein Auto stehen.

Büttner wollte gerade weiterreden, als sein Handy außergewöhnlich laut fiepte. „Es ist Susanne", sagte er heiser. „Das Kind wir nun jeden Moment da sein." Er sprang auf und stürzte zur Tür. „Großfahndung nach Heike Mischnick!", rief er über die Schulter. „Leiten Sie alles Nötige in die Wege! Hasenkrug, Sie vertreten mich. Ich bin dann mal weg. Ach ja: Frohe Weihnachten."

12

Winzig kleine Finger, winzig kleine Zehen. Büttner zählte sie alle durch, und das nicht nur einmal. Sie waren vollzählig. Tränen liefen ihm über die Wangen, und er hatte längst aufgehört, sie wegzuwischen. Viel zu überwältigt war er von der Überraschung, die ihn im Krankenhaus erwartet hatte.

„Zwanzig Finger, zwanzig Zehen", stellte er zum wiederholten Male schniefend fest. „Perfekte Babys. Einfach perfekt. So wie Jette damals." Er schaute zu Susanne, die ihn freudig anlächelte. „Hast du gewusst, dass es Zwillinge sind?"

Sie schüttelte den Kopf. „Nein." Sie strich Jette übers verschwitzte Haar. „Aber nun ist natürlich auch mir klar, warum der Bauch unserer Tochter einen solch ungewöhnlich großen Umfang hatte."

„Als uns die Gynäkologin beim ersten Ultraschall verkündete, dass wir doppeltes Glück zu erwarten hätten, haben wir beide gerade noch eine Panikattacke abwenden können", lachte Kai, der vor lauter Glück und Stolz zu leuchten schien. „Aber wir hatten ja acht Monate Zeit, uns an den Gedanken zu gewöhnen." Er gab zuerst Jette und dann jedem der Babys einen zärtlichen Kuss auf die Stirn. „Und ich bin mir absolut sicher, dass wir vier die Herausforderung gemeinsam hervorragend meistern werden."

„Auf ein besinnliches Weihnachtsfest, mein Schatz." David Büttner ließ seinen Glühweinbecher an den von Susanne stoßen.

„Auf ein besinnliches Weihnachtsfest." Susanne schaute sich lächelnd auf dem Weihnachtsmarkt um, der sich am letzten Tag vor Heiligabend von seiner besten Seite zeigte. Funkelnde Lichter, ein buntes Potpourri aus Gerüchen, stimmungsvolle Musik. Was noch fehlte, war ein wenig Schnee, aber in diesem Jahr würden sie auf eine weiße Weihnacht wohl verzichten müssen. „Eine wirklich schöne Idee von dir, nach dem Trubel der letzten Tage noch mal zu zweit hierher zu kommen, David." Ihr Blick fiel auf die Tanne, unter der nach wie vor dutzende Kerzen flackerten. Sie hob ihre Tasse wie zum Gruß. „Und auf die arme Frau, die dieses Weihnachtsfest nicht mehr im Kreise ihrer Lieben feiern darf. Wie gut, dass die Täterin so zeitnah gefasst werden konnte."

Büttner nickte stumm. Er war am Morgen zutiefst erleichtert gewesen, als von Hasenkrug die Nachricht kam, die Kollegen der Schweizer Grenzpolizei hätten Heike Mischnick am Grenzübergang bei Konstanz festsetzen können. Während eines Verhörs hatte sie sowohl den Mord als auch den Diebstahl des Geldes gestanden. Wie es in dieser Angelegenheit weiterging, würden sie nach den Feiertagen sehen.

„Ach, David, wo ist nur die Zeit geblieben, dass wir jetzt schon Oma und Opa sind", wandte sich Susanne seufzend wieder dem schöneren Thema zu. „Ich kann es immer noch nicht so richtig glauben."

„Ich auch nicht, mein Schatz, ich auch nicht. Und trotzdem ist es unwiederbringlich wahr. Also machen wir das Beste draus." Beim Gedanken an seine Enkelkinder begannen seine Augen zu funkeln. Er freute sich auf jede Minute, die er in Zukunft mit den beiden verbringen würde. Als just in diesem Moment das Glockenspiel des Rathauses ausgerechnet *Ihr Kinderlein kommet* anstimmte, brachte er lachend einen weiteren Toast aus. „Auf Liv und Taavi!"

„Auf Liv und Taavi!"

ENDE

Liebe Leserin, lieber Leser,

ich freue mich sehr, dass Sie „Adventsläuten" als Lektüre ausgewählt haben und hoffe, dass ich Ihnen mit dieser Geschichte ein paar angenehme Stunden bereiten konnte. In diesem Fall würde ich mich über eine Rezension in den Online-Shops oder ein Feedback auf meiner Homepage (www.elke-bergsma.de) oder per E-Mail (mail@elke-bergsma.de) sehr freuen. Sollten Sie Lust haben, mehr von Büttner und Hasenkrug zu lesen, darf ich Ihnen an dieser Stelle meine weiteren Ostfrieslandkrimis ans Herz legen, die in dieser Reihenfolge erschienen sind:

„Windbruch"
„Das Teekomplott"
„Lustakkorde"
„Tödliche Saat"
„Dat witte Lücht" (Kurzkrimi)
„Puppenblut"
„Stumme Tränen"
„Schweigende Schuld"
„Fluchträume"
„Brandwunden"
„Strandboten"
„Maskenmord"
„Eisige Spuren"
„Seelenrausch"
„Scheinwelten"
„Dunstkreise"
„Zornesbrut"
„Sippenverfall"

„Todesgruft"
„Bitteres Erbe"
„Lodernde Wut"
„Dünennebel"
„Meeresklagen"
„Herbstzeittode"
„Schwarze Lettern"
„Hetzjagd"
„Platzverweis"
„Abschiedsklänge"
„Lebensfesseln"
„Klosterchoräle"
„Späte Reue"
„Innerer Dämon"
„Tummelplatz"
„Wellenschlag"
„Froststarre"
„Siedepunkt"

Vielleicht haben Sie Lust, auch in meine historisch-zeitgenössische Ostfrieslandkrimireihe „Wibben und Weerts ermitteln" reinzuschnuppern? In dieser Reihe sind bisher erschienen:
„Moorsmaragd"
„Flutrubin"
„Inselsaphir"

Im Sommer 2018 erschien zudem der erste Band meiner ostfriesisch-niederländischen Krimireihe „Grenzfälle". Schauen Sie doch mal rein in: „Wie Mauern so kalt"

Im Herbst 2019 erschien mein Arktis-Thriller: „Verloren im Eis."

Mit meiner Kollegin Anna Johannsen veröffentlichte ich 2019 zudem den Ostfrieslandkrimi „Juister Mohn" sowie 2024 die Ostfrieslandkrimi-Trilogie mit den Bänden „Die Stille der Flut", „Die Gewalt des Sturms" und „Die Kraft der Ebbe".

Völlig neu erfunden habe ich mich 2022/2023 mit meiner historischen Trilogie „Wege in eine neue Zeit", die in der Weimarer Republik angesiedelt ist.
Band 1: „Die Bürde der Freiheit"
Band 2: „Die Kraft der Entbehrung"
Band 3: „Der Makel der Hoffnung"

Möchten Sie regelmäßig und unkompliziert über alles, was rund um meine Bücher herum passiert, informiert werden, dann abonnieren Sie doch einfach meinen Newsletter unter www.elke-bergsma.de/newsletter oder folgen Sie mir auf Facebook und Instagram.

Herzliche Grüße
Elke Bergsma

www.elke-bergsma.de
www.facebook.com/elkebergsmaautorin
www.instagram.com/bergsmaautorin